The Road to Hesse

헤세로 가는 길

The Road to Hesse

헤세로 가는 길

정여울 지음

arte

우리는 추방당한 후에야 비로소
그곳이 낙원이었음을 깨닫는다.

Herman Hesse

나도 모르게 나의 치유자가 되어준
헤세를 그리며

삶이 힘겹게 느껴질 때마다 신기하게도 내 손에는 헤르만 헤세의 책들이 쥐어져 있었다. 입시 지옥에서 헤맬 때는『수레 바퀴 아래서』를 읽고 있었고, 내가 누구인지 스스로도 알 수 없을 때는『데미안』을 읽고 있었으며, 내게는 도무지 창조적 재능이 없는 것 같아 가슴앓이를 할 때는『나르치스와 골드문트』를 읽고 있었다. 의미 없이 나이만 먹는 것 같아 가슴이 시려올 때는『싯다르타』를 읽고 있었으며, 내 안의 깊은 허무와 맞서 싸워야 할 때는『황야의 이리』를 읽고 있었다. 이것은 전적으로 우연이었지만, 내가 살아온 '무의식의 역사'를 되돌아봤을 때 어쩌면 아름다운 필연이었다.

심리학자 칼 구스타프 융은 상처 입은 자만이 진실로 다른 이를 치유할 수 있다고 믿었다. 헤르만 헤세는 스스로 상처 입은 치유자(wounded healer)였기에 수많은 독자들에게 깊고 따스한 영혼의 안식처가 되어줄 수 있었다. 이제 내가 헤르만 헤세에게 받은 치유의 에너지를 여러분과 함께 나누고 싶다. 헤르만 헤세를 향해 떠났던 그 모든 마음의 여행을 함께할 독자들에게, 나 또한 상처 입은 치유자, 나아가 상처조차 사랑할 수 있는 강인한 치유자가 되고 싶다.

헤세에게서는 '머나먼 나라의 작가'라는 거리감이 잘 느껴지지 않는다. 1877년에 독일에서 태어나 1962년 스위스에서 세상을 떠난 그와 우리 사이에는 상당한 시공간의 간극이 존재한다. 그러나 그의 작품을 읽을 때는 전혀 그런 거리감을 느낄 수가 없다. 나는 헤세에게서 바로 몇 년 전에 내가 잘 아는 사람이 글을 쓴 것만 같은 기이한 친밀감을 느낀다. 이 알 수 없는 친밀감은 대체 어디서 연원하는 것일까. 그의 시대에는 인터넷도 스마트폰도 없었지만 100년 후에도 200년 후에도 여전히 비슷한 문제로 고민하고 있을 '현대인'의 모습을 생생하게 그렸기 때문은 아닐까. 그의 인물들은 세속의 세계에서 초월을 꿈꾼다. 신앙인이 아니고 무신론자이면서도 '영적인 삶'을 꿈꾼다. 헤세의 주인공들은 종교적(religious) 인간은 아니지만 영적인(spiritual) 인간이다. 무신론자도 공감할 수 있는 인간의 영적 가능성에 대한 예술적 탐구, 그것이야말로 헤세가 지닌 영원한 매력일 것이다.

그는 「남쪽의 여름날」이라는 수필에서 이렇게 고백한다. 자신은 빵 한 조각, 책 한 권, 연필 한 자루, 수영복 한 벌을 가방에 집어넣으면 떠날 준비가 끝난다고. 기나긴 여름날 숲과 호수의 손님이 되기 위해 집을 떠난다고. 그는 식물도감을 들고 꽃들을 연구하며, 언젠가는 고요한 정원에서 채소를 기르고 살고 싶어 했다. 그리고 울타리 너머의 일은 생각하고 싶어 하지 않았다. 이런 삶을 꿈꾸는 이는 많지만, 차일피일 미루다 결국 빼도 박도 못할 도시인으로 삶을 마감하곤 한다. 헤세는 이런 삶을 일찍부터 실천했다. 물론 정원을 가꾸며 글을 쓰는 삶에 정착하는 것은 결코 쉬운 일이 아니었다. 그는 전쟁에 반대했다는 이유로 오랫동안 조국 독일에서 출판을 금지당하는데, 천신만고 끝에 스위스로 이주하면서 몬타뇰라를 제2의 고향으로 삼게 된다. 두 번의 이혼과 국적 변경, 부인과 아들의 정신 질환으로 고통당하다 자신도 정신과 치료를 받는다. 끊임없는 정신적 방황을 하는 동안 깨달은 것은 바로 자기 안에서 구원을 찾아야 한다는 것이었다.

　카를 마르크스는 『독일 이데올로기(Die Deutsche Ideologie)』에서 조화로운 삶의 표본으로 이런 인간형을 제시했다. 내 마음이 이끄는 대로 오늘은 이런 일, 내일은 저런 일을 마음껏 할 수 있는 삶. 아침에는 사냥하고 오후에는 낚시하고 저녁에는 소를 치고 밤에는 비평을 하면서도, 사냥꾼도 어부도 목동도 비평가도 되지 않는 것. 어떤 직업에 매몰되지 않고, 하나의 전문성에 매몰되지 않고, 마음이 이끄는 대로 자유롭게 살아도 서로에게 아무런 문제가 되지 않는 자유로운 인간들의 공동체를 꿈꾼 것이었다. 나는 마르크스의 꿈에 덧붙여 이런 상상을 해본다. 외적인 필요에 조종당하는 삶이 아니라 자신의 깊은 내면에서 이끄는 충동대로 살아도 아무런 문제가 없는 초인의 삶. 일상과 예술이 구분되는 것이 아니라 일상이 곧 예술이 되는 삶. 때로는 정열에 몸을 던져도 보고 때로는 방황에 몸을 던져도 보지만 결국 한적한 시골 마을에 은둔하며 '세상의 시계'가 아니라 '내 마음의 시계'로 세상을 살아가는 삶. 이것이 내가 꿈꾸는 이상적인 삶이다.

아마도 이런 삶에 가장 가깝게 다가갔던 작가가 바로 헤르만 헤세일 것이다. 헤세는 글을 쓰고 싶을 때는 글을 쓰고, 꽃과 나무가 그리울 때는 정원을 가꾸고, 날씨 좋은 날에는 산야를 헤매며 그림을 그리고, 방랑자의 목소리가 머릿속에서 울릴 때면 여행을 떠났다. 그는 억지로 떠나야 하는 '작가 낭독회'와 같은 의무적인 여행을 매우 힘들어했다. 하지만 그 비자발적인 여행 속에서조차 방랑자의 꿈을 충족시켰다. 그는 자신과 가장 닮은 사물이 구름임을 알았다. 어떤 모양으로도 정형화될 수 없는 구름, 어떤 자리에서도 머물 수 없는 구름, 누구의 뜻대로도 조종당하지 않는 구름. 그런 구름이야말로 헤세의 영혼을 가장 닮은 자연의 천사였다.

우리가 자주 드나드는 길목에 새로운 카페가 생기는데, 만

약 이런 푯말이 서 있다면 어떤 기분일까. "미친 사람만 입장하세요." 이 문장은 헤세의 역작 『황야의 이리』 중에서 내가 가장 좋아하는 문장이기도 하다. 주인공 하리 할러는 스스로를 미친 사람이라고 생각했기에 기꺼이 도취와 환희로 가는 이 새로운 세계에 무사히 입장할 수 있었다. '미친 사람만 입장하시오'라는 표어에 담긴 헤세의 열기를 살짝 누그러뜨려 이 책을 읽는 독자들에게 '헤세로 가는 길'의 입장권을 나누어주며 이렇게 말하고 싶다.

미치기 직전인 사람, 미치지는 않았지만 가끔은 미쳐보고 싶었던 사람, 미친 사람의 옆에 사느라 온전한 정신을 보전하기 힘든 사람, 모두 헤세로 가는 길로 오세요. 가끔은 미쳐도 괜찮습니다. 한때 이루어지지 않는 사랑 때문에, 세상에 대한 분노 때문에, 어쩔 수 없는 자기 자신 때문에 제대로 미쳐보았던 사람이 여기에 있습니다. 그리하여 미쳐버리는 것이 예술의 창조적 영감의 원천이라는 사실을 너무도 잘 알았던 바로 그 사람, 헤세가 여러분을 기다립니다. 조국을 떠나 낯선 땅의 작은 시골 마을에서 40년 동안 칩거하다시피 하며 사랑과 예술과 참회와 희망을 노래했던 이 아름다운 영혼이 여러분을 향해 손짓합니다. 여러분을 이 상상의 공간, 문학의 공간, 치유의 공간으로 초대하고 싶습니다. 그림을 그리고, 편지를 쓰고, 산책을 하고, 정원을 가꾸는 소박한 일상 속에서 위대한 예술의 가치를 창조한 한 작가의 삶이 우리의 상처받은 영혼을 위로하는 바로 그곳으로.

2015년 4월의 끝자락,
햇살에 반짝이는 한강의 눈부신 미소를 바라보며
헤세로 가는 마음의 길목에서, 정여울

헤세로 가는 길
차례

프롤로그 나도 모르게 나의 치유자가 되어준 헤세를 그리며 007

1   헤세가 태어난 곳, 칼프로 017
    내 마음속 오랜 그리움의 뿌리, 헤세

2   헤세가 남긴 이야기 속으로 131
    데미안에서 싯다르타까지, 헤세의 눈부신 분신들과 만나다

    『수레바퀴 아래서』… 다른 길이 있었더라면 132
    『나르치스와 골드문트』… 내 그림자가 너의 빛을 깨우다 154
    『데미안』… 네 안의 특별함을 두려워하지 마 208
    『싯다르타』… '나' 바깥에서 나를 바라보는 자유 239

3   헤세가 잠든 곳, 몬타뇰라로 289
    내가 살아내지 못한 모든 것과 만나다

에필로그 헤세와의 또 다른 만남을 꿈꾸며 406

    헤르만 헤세에 대하여 410
    사진 및 그림 색인 412

1

내 마음속
오랜 그리움의
뿌리, 헤세

이윽고 조용한 때가 오면

나 거기서 쉬리라.

내 위로는 아름다운 숲의 고독이 일고

나를 알아보는 사람, 여기엔 아무도 없네.

「한낮의 휴식」

Hermann Hesse

　　기차로 칼프 역에 가려면 '문화기차'라는 앙증맞은 두 량짜리 기차를 타야 한다. 이 기차 안 풍경은 우리네 옛 기차처럼 무척 정겹다. 오순도순 도시락을 까먹는 연인들, 담배를 꺼내려다가 승무원의 눈치를 보며 슬그머니 집어넣는 아저씨, 그 작은 기차 안을 숨바꼭질 정글로 활용하는 장난꾸러기 꼬맹이들. 모두가 설레는 마음으로 저마다의 소풍 장소를 향해 달려간다. 문화기차가 스쳐가는 역들은 하나같이 아담하고 예스럽다. 나는 내 마음속 오랜 그리움의 뿌리, 헤세를 만나러 간다.

기차를 오래 타다 보면 처음에는 차창 밖 풍경에 사로잡혀 있다가, 나중에는 책을 좀 읽다가, 결국에는 스르르 잠이 든다. 기차만 타면 나도 모르게 그 익숙한 삼단 변신을 반복하게 된다. 차창 밖 풍경에 매혹되는 것도, 책 속에 빠져드는 것도, 결국 기차의 흔들림에 몸을 맡기고 스르르 잠드는 것도, 어쩐지 참 좋다. 옛사람들도 우리처럼 이런 삼단 변신을 거쳤나 보다. 옷차림은 지금과 다르지만 행동 패턴이 우리와 똑같은 이 옛 여인들의 그림을 보며 한참 웃었다. 칼프로 가는 기차 안에서 나 또한 오른쪽 여인처럼 열심히 책을 읽다가, 한 시간 후 왼쪽 여인처럼 쿨쿨 잠들어버렸다. 뮌헨에서 칼프로 가는 기찻길 풍경도 저 그림 속의 차창 밖 풍경처럼 아련하게 펼쳐진다.

천재란 사랑할 줄 아는 힘이며

온몸을 바치고 싶다고 갈망하는 마음이다.

「젊은 천재」

Hermann Hesse

칼프 역에서 내려 도시의 중심으로 가기 위해서는 작은 강을 건너야한다. 나는 이 강이 『수레바퀴 아래서』의 주인공 한스가 낚시를 하며 행복해하던 그 강이 아닐까 상상해보았다. 칼프의 유서 깊은 목조 건물들이 하나둘 단아한 자태를 드러내기 시작하면, 곧 헤르만 헤세의 흔적을 만날 수있을 것만 같은 생각에 가슴이 두근거린다. 신학교에 다녔던 헤세의 어린시절이 듬뿍 투영된 한스는 모두의 기대를 한 몸에 받는 천재 소년이지만, 한없이 여리고 상처받기 쉬운 아이였다. 어린 시절의 그가 수영하고, 낚시하고, 배 타고 노 저으며 자연의 품에 담뿍 안겨 있던 시절을 떠올리게 하는 강물 위에 아름다운 집들이 즐비하다.

어떤 도시는 아무리 '환영합니다!'라는 표현이 곳곳에 도배되어 있을
지라도 왠지 살갑게 안기지 않는다. 반면 '환영합니다!' 같은 의례적인 포
스터는 보이지 않지만, 아주 수줍고 무뚝뚝한 느낌으로 '자네, 왔나?' 하고
넌지시 묻는 듯한 다정한 도시도 있다. 내게는 칼프가 바로 그런 곳이었다.
헤르만 헤세를 똑같이 닮지는 않았지만, 정겹고 곰살궂은 느낌을 주는 헤
세의 동상이 그렇게 말하고 있었다. 자네, 이제야 왔는가. 10년 전부터 '와
야지, 와야지' 하더니 이제야 왔구먼.

이렇게 작은 도시 안에서는 자동차가 필요 없다. 걸어다니는 것만으로 도시 전체를 하루 안에 다 돌아볼 수 있다. 바쁠 이유가 없으므로 걸음걸이도 저절로 느려진다. 헤세의 시 한 편이 생각나는 순간이다. 「활짝 핀 꽃」이라는 시에서 헤세는 이렇게 노래했다. 복숭아나무 한가득 꽃이 흐드러졌지만 그 모두가 다 열매 맺지는 않는다고. 하루에도 수백 번씩 꽃처럼 많은 생각이 피어나지만 피는 대로 그저 두라고. 꽃처럼 제멋대로 피어오르는 생각들을 굳이 분석하여 수익성을 따지지 말고, 생각의 꽃이 피는 대로 그저 내버려두자. 정말 그렇다. 우리는 자기 생각에도 점수를 매긴다. 하지만 어떤 생각은 아름다운 꽃처럼 그저 떠올리기만 해도 설렘이 밀려든다. 그저 바라만 보아도 눈부신, 그런 사람이 있듯이.

헤세는 신학교 기숙사에 들어가면서 처음으로 어머니와 이별하고 '혼자'가 되었다. 어머니를 낯선 기차역에서 떠나보내며 '어머니께 부끄럽지 않은 사람'이 되어야겠다는 결심을 하는 순간, 소년 헤세는 훌쩍 성장했을 것이다. 헤세는 「홀로」라는 시에서 이렇게 속삭인다. 인생의 길은 말을 타고 갈 수도, 자동차로 갈 수도, 둘이서나 셋이서 갈 수도 있지만, 마지막 한 걸음만은 혼자서 걸어야 한다고. 그리하여 아무리 힘겨운 일이라도 혼자 해내는 것이야말로 가장 훌륭한 지혜라고. 내가 헤세에게 배운 것도 바로 '홀로 있을 때 가장 용감해지는 길'이었다. 이제 나는 홀로 있을 때 두려움에 떨지 않는다. 누구의 시선에도 영향받지 않는 '혼자 있음'의 시간, 그 맨발의 시점으로 보는 세상이 가장 진실함을 알기에.

살아 있다는 것은 고독하다는 것
어떤 사람도 다른 사람을 알지 못한다.
모두가 다 혼자다.

「안개 속에서」

Hermann Hesse

타인을, 아니 하다못해 자기 자신이라도
제대로 알고 있는 사람이 과연 있을까?

『동방 여행』

Hermann Hesse

알 수 없는 힘에 이끌려 물어물어 아시시에 다녀오고서야, 헤르만 헤세 또한 이곳을 사랑했다는 사실을 알게 되었다. '빈자(貧者)의 성자'로 불리는 아시시의 성인 프란치스코는 헤세의 청춘을 사로잡았던 영적 구도자의 모델이다. 헤세는 구도자의 길이 아닌 문학의 길을 택했지만, 그의 기념비적인 주인공들은 하나같이 구도자의 길을 걸어갔다. 『나르치스와 골드문트』, 『싯다르타』, 『데미안』 등은 모두 세속의 속물주의와 싸우면서 신성한 가치를 찾아 헤매는 인간의 투쟁을 그린다.

저를 도와주지 못한 그 오래된
마법을 가져가시고,
그 대신 제가 사람들을 사랑하게 해주세요!
「아우구스투스」

Hermann Hesse

헤세는 아시시의 성자 프란치스코의 일대기를 쓰며 이렇게 이야기했다. 사람들이 그를 잊어버린다면 바위와 샘물, 꽃들과 새들이 그의 이야기를 전해줄 거라고. 유복한 집안에서 부족할 것 없이 자랐던 프란치스코는 자신이 가진 모든 것을 버리고 가난한 자들을 구하며 평생 구도의 길을 걸었다. 그는 바위와 샘물, 꽃들과 새들에게조차 사랑받을 만한 아름다운 사람이었다.

친구와 와인을 마시며 기묘한 인생에 대해
악의 없는 잡담을 나누는 것이
우리가 인생에서 가질 수 있는 최선의 것이다.

『게르트루트』

Hermann Hesse

헤세는 『페터 카멘친트』라는 작품에서 이렇게 고백한 적이 있다. 실연의 아픔으로 자신은 술꾼이 되어버렸다고. 강력하고도 달콤한 주신(酒神)은 평생 헤세의 멋진 벗이 되어주었다. 때로는 환상적이고 열광적이지만, 때로는 우울한 광기를 이끌어내는 술의 못 말리는 변덕스러움을, 그는 사랑했다. 술은 불가능한 일을 가능하게 만들고, 가련한 인간의 마음을 아름답고 신묘한 시로 가득 채운다고 예찬했다. 『황야의 이리』에서 주인공 하리가 방황하던 시절 유일한 친구가 되어주었던 것도 바로 달콤한 와인 한 병이었다.

　　『데미안』의 주인공 에밀 싱클레어는 여인에게 말 한 번 걸어보지 못
한 숙맥이다. 그런 싱클레어가 어느 날 공원에서 우연히 만난 소녀에게 멋
대로 '베아트리체'라는 이름을 붙이고 지독한 짝사랑에 빠진다. 베아트리체
는 『신곡』에서 주인공 단테를 구원으로 이끌어주는 여신 같은 존재의 이름
이다. 단테 가브리엘 로세티(Dante Gabriel Rossetti)의 작품 〈단테의 꿈〉
은 단테가 평생 단 한 번 보았을 뿐이지만 영원히 사랑했던 베아트리체를
그녀의 임종 순간에 비로소 만나게 되는 꿈같은 순간을 담고 있다. 실제로
베아트리체는 스물넷의 나이로 요절할 때까지 단테의 존재조차 알지 못했
다. 이 불굴의 짝사랑은 단테의 걸작 『신곡』에 녹아들어갔고, 베아트리체는
구원의 여성상을 대표하는 불멸의 존재가 되었다.

한순간을 위해 자신을 던질 수 있는 것,
한 여자의 미소를 위해 여러 해를 희생할 수 있는 것,
그것이 바로 행복이다.

「가을의 도보 여행」

Hermann Hesse

헤세는 7월의 어느 따뜻한 저녁에 태어났다. 그는 평생 그 계절 그 시간의 온도를 그리워하며 찾아다녔다고 한다. 그 시간, 그 온도가 아닌 곳에서는 말할 수 없는 고통을 느꼈다는 헤세. 추운 나라에서는 결코 살고 싶지 않았다는 헤세를 사로잡은 풍경들은 하나같이 '따스한 남쪽'이었으며 그가 만년에 정착한 스위스의 몬타뇰라 역시 그런 곳이었다. 헤세는 태어난 당시 자신의 정확한 국적이 무엇이었는지 모르겠다고 말한다. 아버지가 러시아 출신이었고 러시아 여권을 가지고 있었기 때문에 자신도 러시아 국적이 아니었을까 추측하기도 한다. 프랑스어를 쓰는 스위스인의 딸이었던 어머니는 독일에 살고 있었다. 헤세는 이런 복잡한 혈통으로 인해 민족주의와 국경을 그리 존중하지 않게 되었다고 말한다. 헤세의 글에는 항상 '경계를 넘나드는 삶'에 대한 아련한 동경이 스며 있다.

6

HERMANN
HESSE

In diesem Hause wohnte
die Familie Hesse
von 1874 – 1881

In diesem
Hause
wurde am
2.Juli 1877

Hermann
hesse

geboren.

hermann und ich-oder wir

　　드디어 헤세 박물관에 도착했다. 회화 박물관과 달리 작가 박물관에
는 거대한 스펙터클이 없다. 그리하여 더 조용하게 명상에 잠길 수 있는 곳.
내 안의 또 다른 나와 차분하게 만날 수 있는 시간이 생긴다. 헤세는 『싯다
르타』에서 이렇게 속삭인다. 우리 안에는 저마다 하나의 은밀한 장소, 숨은
피난처가 있다고. 우리는 언제나 그 속에 틀어박혀서 자기 자신과 이야기
를 나눌 수 있다고. 하지만 그런 일을 할 수 있는 인간은 참으로 적다고. 헤
세 박물관은 바로 그렇게 내 안에 틀어박혀 스스로와 수다를 떨기 딱 좋은,
아늑한 고요로 가득하다.

고독은 운명이 인간을 자기 자신에게로
이끌기 위해 거치게 하는 길이다.

『차라투스트라의 귀환』

Hermann Hesse

헤르만 헤세는 여행광이자 독서광이기도 했다. 그는 끊임없이 책 속에서 영감을 얻었지만 책 자체가 궁극의 해답이 아니라는 것을 알았다. 책은 '해답'이 아니라 '질문'에 가깝다. 내 안에 무엇을 품고 있는지 스스로에게 물어볼 수 있는 다정한 질문 기계, 그것이 책이다. 헤세는 이렇게 말했다. 이 세상 어떤 책도 당신에게 곧바로 행복을 가져다주지는 못한다고. 하지만 책은 살며시 당신을 자기 내면으로 되돌아가게 한다고. 그러니 우리에게 필요한 모든 것은 우리 안에 있다. 책은 그런 우리 마음을 비추어보는 거울이다.

나에게 나무란 항상 마음을 꿰뚫는 설교자였다.

「방랑」

Hermann Hesse

헤르만 헤세에게서는 헨리 데이비드 소로의 향기도 난다. 헤세는 소로처럼 자연 속으로 저물어가는 삶, 그리고 자발적인 은둔을 꿈꾸었다. 그는 숲 속의 수많은 이름 모를 꽃들을 바라보며 '언젠가는 조용한 정원에서 꽃들이나 가꾸며 숨어 살아야지' 하고 생각한다. 그리고 이런 삶을 중년부터 말년에 이르기까지 스위스 몬타뇰라에서 실천한다. 만약 독일에서 헤세의 소설이 출판 금지를 당하지 않았더라면, 만년에 자신의 고향인 칼프에서 그런 삶을 살지 않았을까.

자기의 길을 걷는 사람은 누구나 영웅입니다.

『서간집』

Herman Hesse

　　칼프의 헤세 박물관에는 전 세계에서 출판된 헤세의 책들이 다양하게
전시되어 있다. 그중에는 한국에서 나온 책도 눈에 띄어 반갑기 그지없다.
시간이 가도 빛이 바래지 않는 고전으로 자리 잡은 헤세의 수많은 명작들
중에서도 우리는 헤세의 자전적 성향이 짙은 이야기들을 좋아한다. 『수레
바퀴 아래서』는 그의 유년시절을 많이 반영하고 있고, 『나르치스와 골드문
트』는 청년시절을, 『황야의 이리』는 중년의 방황을 투영하고 있다.

1 헤세가 태어난 곳, 칼프로

『아시시의 성 프란치스코』에서 헤세는 이 세상 모든 굴레로부터 해방
되어 법률이 아니라 오로지 사랑에 소속된 인간 프란치스코의 해맑은 영
혼을 그렸다. 모퉁이를 돌 때마다 수녀님이나 수도사들을 만날 수 있는 이
고요한 도시에서 나 또한 '오직 사랑에만 소속된 삶'을 간절하게 꿈꾸어보
았다.

신을 사랑한다는 것이

선을 사랑한다는 것과 늘 같은 말은 아니다.

『나르치스와 골드문트』

Hermann Hesse

헤세는 자신이 직접 그린 그림에 편지를 곁들이는 것을 좋아했다. 농담 반 진담 반으로 "내 작품을 소장한 사람은 내가 죽고 나서 큰돈을 벌 것" 이라고 이야기하기도 했다. 작가의 손글씨로 직접 쓴 다정한 편지를 받는 사람은 얼마나 행복했을까. 실제로 헤세의 세 번째 부인 니논과 헤세의 인연도 독자의 팬레터와 저자의 다정한 답장으로 시작되었다. 오스트리아 태생의 유대인이었던 니논은 헤세가 새로운 작품을 출간할 때마다 그 작품을 향한 애정을 듬뿍 담아 지적인 흥취가 물씬 풍기는 팬레터를 띄웠고 외로운 헤세를 감동시켰다. 독자 편지로 시작된 두 사람의 인연은 10년 넘게 이어졌고, 헤세보다 무려 18년이나 어렸던 니논은 마침내 꿈같은 결혼에 이르게 된다.

Am Schluß dieser Hymne an die Heimat heißt es:

Einmal eine Heimat gehabt zu haben!
Einmal an einem kleinen Ort der Erde alle Häuser und ihre
Fenster und alle Leute dahinter gekannt zu haben! Einmal an
einen bestimmten Ort dieser Erde gebunden gewesen zu sein,
wie der Baum mit Wurzeln und Leben an seinen Ort gebunden
ist. Wenn ich ein Baum wäre, stünde ich noch dort.
So aber kann ich nicht wünschen, das Gewesene zu erneuern,

1 헤세가 태어난 곳, 칼프로

    칼프의 헤세 박물관은 고요하고 정갈한 공간이다. 성수기에도 사람이
많지 않다. 수많은 관광객에 등 떠밀리는 여행을 싫어하는 사람이라면, 칼
프에서 며칠 묵어도 좋을 것 같다. 그 흔한 프랜차이즈 호텔 하나 없지만,
칼프의 숙소들은 깨끗하고 아늑하다. 헤세 박물관에서는 카메라 셔터 소리
조차 엄청나게 크게 들린다. 주변이 너무도 조용하기 때문이다. 셔터 소리
에 놀라 차마 사진을 많이 찍을 수 없었다. 대신 마음속 그득 '헤세의 고향'
이 지닌 온기를 담았다.

친숙한 길들이 만나는 곳에서는
온 세상이 잠시 고향처럼 보인다.

『데미안』

Hermann Hesse

기쁨이 멋진 것은 기대조차 하지 않았는데 생겨나고
결코 돈으로는 살 수 없다는 점이다.

「보리수 꽃」

Hermann Hesse

헤세는 화려한 삶을 싫어했다. 세계적인 작가로 성공했지만 일상은
놀라울 정도로 단출하고 소박했다. 헤세의 수필을 보면 양복을 기워 입었
다는 이야기가 나올 정도다. 그런 헤세의 소박함을 반영하는 듯 그의 소장
품 하나하나는 꾸밈이 없다. 헤세의 시계 또한 고급스럽다기보다는 '작가다
운' 기품이 느껴졌다. 그는 도둑맞을까 봐 걱정할 만한 어떤 사치품도 원하
지 않았다.

행복은 내일에 아무것도 요구하지 않고
오늘 가져다준 것에 감사하며 받아들일 때만 존재합니다.
마법의 시간은 계속해서 다시 찾아옵니다.

『서간집』

Hermann Hesse

혜세 박물관 2층으로 천천히 올라가면 혜세의 목소리를 직접 들을 수 있는 오디오룸이 있다. 그가 생전에 자신의 작품을 낭독했던 목소리가 CD에 생생히 담겨 있고, 관람객들은 언제든지 자신이 듣고 싶은 작품을 골라 헤드폰으로 혜세의 육성을 들을 수 있다. 귀여운 손녀와 앙증맞은 고양이, 꽃과 나무와 함께 행복한 미소를 짓는 혜세의 멋진 사진들도 함께 만날 수 있다. 혜세가 퇴학을 당한 후 오랫동안 방황하여 부모님의 속을 끓이던 시절, 혜세는 '시인이 되지 않으면 아무것도 되지 않겠다'고 생각했지만 어떻게 해야 시인이 되는지 알지 못했다. 무엇이든 독학으로 배우던 혜세는 튀빙겐의 한 오래된 서점에서 견습생으로 일하면서 최초의 습작을 썼다. 수많은 책들을 마음껏 읽으며, 책을 사랑하는 대학생들과 교수들이 고르는 책들을 눈여겨보며, 작가의 꿈을 키워나갔던 것이다. 깊이 읽고 열정적으로 쓰는 것, 모든 작가들의 유일한 글쓰기 비결이었다.

1 혜세가 태어난 곳, 칼프로

누군가의 작품을 과대평가하는 것은
과소평가하는 것보다 언제나 낫다.
메모

Hermann Hesse

헤세는 문학 말고도 다른 예술 장르에 관심이 많았다. 헤세 박물관에는 음악, 미술에도 조예가 깊었던 헤세의 흔적들이 남아 있다. 예술에 대한 자신의 의견을 피력하는 사람들이 부쩍 많아졌지만, '인간과 예술의 행복한 만남'을 실제로 경험할 수 있는 길은 아직도 많지 않다. 헤세는 '사랑'이야 말로 인간이 예술을 후원하는 최고의 방법이라고 이야기했다. 사랑으로부터 태어나지 않은 위대한 예술 작품이 없듯이, 예술 작품에 대한 순수한 사랑이야말로 예술에 대한 최고의 멋진 후원이라고.

Liebe Frau Tilly

Jetzt bin ich froh, daß Ihr so
unerklärlich langes Schweigen er-
klärt ist und daß nichts Schlimmes
der Grund davon war! Ich mache in
diesem Jahr eine so bis in Todes-
nähe gehende Krise durch, daß ich
in dieser Zeit doppelt unter dem
Verlust von Freunden litt— zwei s
sind mir in letzter Zeit gestorben
und das Verbundensein mit ein paar
Freunden ist zur Zeit noch das ein-

Mont. 23. Mai 29

Lieber Buzelius!

Dein lieber Brief hatte das Glü
einem Tag anzukommen, wo ich grad 6
Sack habe. Also hier ist das Geld.

Also noch etwa 14 Tage bist du t

헤세의 친필 편지만 모아 책으로 묶어도 여러 권이 나올 정도로 그는 편지 쓰기의 마니아였다. 그는 아무리 귀찮은 편지라도 되도록 일일이 친필로 답장을 했고, 수채화를 그린 종이 위에 타자기로 타이핑을 해서 편지지가 마치 그림엽서처럼 느껴지도록 만들기도 했다. 헤세는 사소한 안부를 묻는 편지에도 정성을 다해 자신의 마음을 담았다. 그는 며느리에게 이렇게 말하기도 했다. 아무리 노벨문학상을 받은 대단한 작가라도 타인의 관심과 인간관계를 소홀히 하면 인생에 커다란 오점을 남기게 된다고. 그가 남긴 엄청난 분량의 서간은 작가로서의 강한 책임감과 풍부한 감수성을 동시에 보여준다.

이성이나 의지로 사랑을 한 사람이 누가 있을까요?

사람들은 그저 사랑을 견딜 뿐입니다.

자신을 다 바쳐 사랑을 견뎌낼수록

사랑은 우리를 더 강하게 만들어줍니다.

『서간집』

Hermann Hesse

직업이란 언제나 불행이요, 제한이며, 체념이다.

『게르트루트』

Hermann Hesse

한때 그는 작가를 직업으로 선택한 것에 대해 이렇게 후회하기도 했다. 자신은 재능을 직업으로 선택하는 치명적인 오류를 범했다고. 재능과 직업이 같아지면 쉴 틈이 없어진다. 끊임없이 일에 몰두하게 되고, 타인의 기대를 만족시키기 위해 자신의 재능을 힘겹게 소모시킨다. 하지만 아무리 생각해도 헤세가 재능과 직업을 일치시킨 것은 잘한 일 같다. 그의 삶이 이야기의 장작불로 피어올라 우리에게 빛이 되어주었으니.

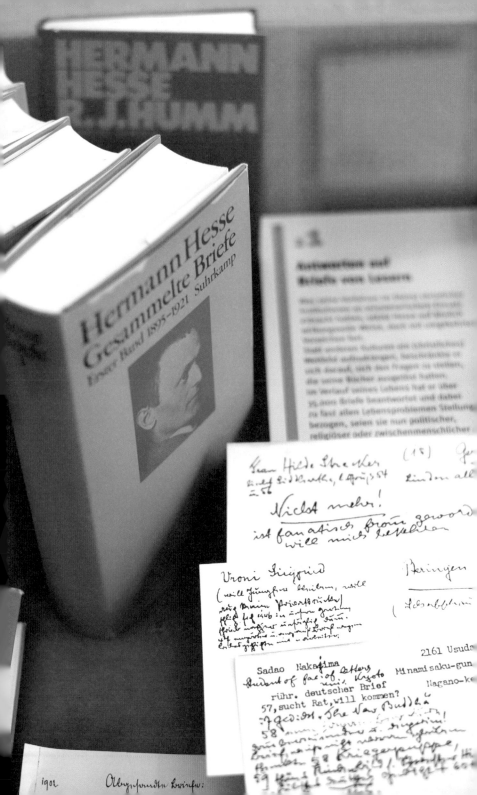

인간이 자신의 소명에 따르는 것,
그래서 그가 잘하고 즐겁게 하는 것을 할 수 있는 곳이면
세상은 어디서나 진보할 것이다.

「살인하지 말라」

Herman Hesse

헤세는 '도대체 이 많은 걸 어떻게 혼자 다 해냈지?' 싶게 놀라움을 자아내는 작가다. 1년은커녕 몇 달이 멀다 하고 신작을 쏟아내는가 하면, 비행기도 거의 탈 수 없었던 시절에 힘겨운 항해를 몇 주씩 버티면서 온갖 이국땅들을 여행하고 수많은 기행문을 썼다. 이렇듯 헤세는 우리가 작가에게 가지는 수많은 로망을 충족시키는 매혹적인 작가다. 그는 다정하면서도 지성과 재치가 넘치는 문체를 구사했고 강연과 낭독회를 통해서도 독자들을 매료시켰다.

누군가에게는 가치 있고 지혜로운 어떤 것이
다른 누군가에게는 헛소리처럼 느껴질 수도 있다.
하지만 나는 그 점이 기쁘고 옳다고 느낀다.

『싯다르타』

Hermann Hesse

헤세는 『행복론』에서 작가의 언어란 화가의 팔레트 위 물감과 같다고
이야기했다. 언어는 지금 이 순간도 끊임없이 만들어지지만, 아름다운 말,
진정한 언어를 찾기는 쉽지 않다. 그림물감도 그 농도와 혼합색은 수없이
많지만 '내 마음에 딱 맞는 바로 그 빛깔'을 찾기는 어려운 것처럼.

　『데미안』이라는 걸작을 내놓기 이전 헤세의 작품 중 가장 대중적인
사랑을 받았던 작품이 바로『크눌프』다. 크눌프는 헤세의 정겨운 분신이었
다. 평생 어떤 일터에도 정착하지 않고 끝없이 떠도는 삶 자체에 만족했던
크눌프를 향한 작가의 애정은 뜨거웠다. 크눌프가 가족도 직업도 갖지 않
은 채 끊임없이 떠돌며 사람들에게 심어준 희망, 그것은 '자유에 대한 영원
한 동경'이었다.

나의 이름으로 그대는 방황했고

어리석은 일을 하여

세상 사람들의 웃음거리가 되었다.

그때 그대 속에 있던 나 자신도 웃음거리가 되고

또 사랑을 받았다.

그대는 나의 형제며 분신이었다.

『크눌프』

Hermann Hesse

헤세는 인도를 여행하며 『싯다르타』의 영감을 얻었다. 그가 그리고
싶은 인도는 깨달음의 공간, 용맹정진의 공간, 세속의 욕망을 해탈하는 공
간이었다. 『싯다르타』에서 헤세는 '깨달음의 인간'을 이렇게 표현한다. 대
부분 인간은 바람에 이리저리 날려 춤추고 방황하고 비틀거리며 땅으로 떨
어지는 나뭇잎처럼 살아간다고. 하지만 별을 닮은 인간도 있다고. 별을 닮
은 인간은 확고하게 자신의 궤도를 걷는다고. 어떠한 강풍도 별을 닮은 인
간을 날려버릴 수는 없다고. 자신의 내부에 자기의 법칙과 자기의 궤도를
지니고 있는 사람, 그가 바로 별을 닮은 인간이다.

『나르치스와 골드문트』는 내가 헤르만 헤세의 작품 중에서 가장 여러 번 읽은 작품이다. 읽을 때마다 새로운 감동으로 마음을 어루만져주었던 이 작품 속에는 해맑은 위로를 담은 문장이 가득하다. "세상은 죽음과 공포로 가득하니 나는 이 지옥 한가운데에서 자라는 꽃들을 집어 계속해서 내 마음을 위로하겠습니다." 이 지옥 한가운데서 자라는 꽃, 희망과 사랑의 흔적을 찾아 우리는 다른 곳이 아닌 우리 자신의 마음속으로 여행을 떠나야 하지 않을까.

오랫동안 떠돌아다니지 않고
온갖 시름을 알지 못하는 사람은
구름을 이해할 수 없지,
방랑의 기쁨을.

「흰 구름」

Hermann Hesse

헤세는 유명한 대도시보다는 작고 아늑한 소도시를 좋아했다. 그는 패키지 여행식의 상투적인 코스가 아니라 온몸의 감각을 집중시켜 그 장소의 아우라를 느끼는 여행을 꿈꾸었다. 그는 베네치아의 유명한 풍경보다는 수많은 석호(潟湖)들 사이의 풍경을 하나하나 몸으로 느끼는 밤바다의 뱃놀이를 선택했다. 물속에 손을 넣어 돌과 흙을 직접 만져보며 '베네치아의 빛'을 만드는 그 모든 것의 소리를 들었다.

헤세도 '남자'였구나 하는 생각이 드는 순간이다. 헤세의 책갈피에 이렇게 아름다운 여인의 사진이 비밀스럽게 꽂혀 있었다고 생각하니 슬며시 웃음이 나온다. 헤르만 헤세의 작품 속에는 수많은 로맨스가 등장한다. 그 여인들은 하나같이 헤세의 방황하는 분신, 즉 골드문트, 싱클레어, 싯다르타, 크눌프에게 '영감을 주는 존재들'이었다. 『황야의 이리』에서 생기 넘치는 여인 헤르미네는 우울의 늪을 헤매는 하리를 향해 이렇게 속삭인다. "이 겁쟁이, 당신은 기꺼이 죽을 용기는 있지만 기꺼이 살아나갈 용기는 없군요."

사람들이 아무리 다른 이유를 내세워도
인생의 많은 것들은 오로지 여자 때문에 하게 된다.
「빈둥거린 날」

Hermann Hesse

당신이 누군가를 미워한다면
그에게서 당신이 싫어하는 당신 내면의 어떤 점을
발견하기 때문이에요.
우리에게 없는 문제는 우리를 괴롭히지 않으니까요.
『데미안』

Hermann Hesse

헤세는 이렇게 말한 적이 있다. 어떤 사람들은 견디는 것이 우리를 강하게 만든다고 생각하지만 때로는 그냥 포기하는 것이 나을 수도 있다고. 놓아버리니 행복해진다는 것을 알 수 있는 방법은, 정말로 쥐고 있던 것을 놓아버리는 수밖에 없다. 우리는 우리 자신이 원하는 것 때문에 가장 큰 마음의 상처를 받는다. 내가 원하지 않는 것은 나를 진정으로 아프게 하지 못한다. 나의 갈망 때문에 가장 고통받는 것은 나 자신이다.

원하는 것이 없는 사랑,
이것이 우리 영혼의 가장 높고 바람직한 경지다.
「관찰」

Hermann Hesse

    소년 시절 헤세는 총명한 소년이었지만 학교생활에 좀처럼 적응하지 못했다. 억압적인 교육과 폭력적인 훈육으로 아이들을 통제하는 선생님들에게 강한 분노를 느꼈다. 그는 신학교에서 퇴학을 당하고 그 후에 들어간 김나지움에서도 퇴학을 당한다. 이 상처는 그의 마음속에 두고두고 회한을 남겼지만 그는 『수레바퀴 아래서』와 『페터 카멘친트』 등의 작품을 통해 학창 시절의 트라우마를 아름다운 이야기의 언어로 승화시킨다. 헤세는 「나의 학창 시절」이라는 글에서 이렇게 고백한다. 이미 시인인 것은 괜찮지만 시인이 되려고 노력해서는 안 되었다고. 교사들은 학생들이 시적 재능을 지니고 있거나 시에 관심을 가지면 수상쩍게 여기며 의혹의 눈초리를 보내거나 조롱과 모욕의 대상으로 삼았다고 한다. 헤세의 눈에 교사들은 학생들이 창조적이고 자유로운 인간으로 성장하는 것을 가로막고, 위대한 업적을 성취하지 못하도록 고용되고 교육받은 것 같았다.

모차르트의 음악과
당신의 위대한 시인인 괴테의 시는
이 진실의 나라에 속해요.
『황야의 이리』

Hermann Hesse

헤르만 헤세는 괴테에 대한 존경을 여러 에세이에서 표현한다. 『황야
의 이리』에서는 주인공이 괴테와 가상의 만남을 가지며 황홀경에 빠지는
모습까지 등장한다. 헤세가 보기에 괴테는 '시인의 무기'로서의 언어를 누
구보다도 명징하고 의식적으로 사용한 언어의 마술사였다. 「괴테에 대한
감사」라는 글에서 헤세는 이렇게 말한다. 시인에게 언어는 표현 수단이나
기능이 아니라 신성한 실체라고. 마치 음악가에게는 음이, 화가에게는 색채
가 그런 것처럼.

헤세는 독일 쪽에서 시작해 알프스를 넘어 스위스로 가는 모험을 했다. 그는 여행기에서 독일 국경을 넘는 기분을 묘사하며 '국경 없는 세계'에 대한 꿈을 노래했다. 헤세 자신처럼 국경을 무시하고 사는 사람이 많아진다면 더 이상 전쟁이나 봉쇄도 없어질 것이라고. 경계만큼 보기 싫고 어리석은 것도 없다고. 경계는 무지막지한 대포나 독재자처럼 사람들을 옥죄며 자유를 빼앗아간다.

나의 방랑이 끝난 북쪽 나라에
인사를 하며 모자를 흔든다.
뜨거운 생각이 가슴속을 지나간다.
아, 나의 고향은 아무 데도 없구나.

「알프스의 고개」

Hermann Hesse

나는 어떤 훈육도 오랫동안 견디지 못했다.

나를 쓸모 있는 사람으로 만들려는

어른들의 모든 시도는 수포로 돌아갔다.

가는 곳마다 치욕과 추문, 도주나 퇴학이 잇따랐다.

하지만 가는 곳마다 나의 특출한 재능과

정직한 마음을 인정받기도 했다!

「요약한 이력서」

Hermann Hesse

Illustrierte französische Ausgabe des *Knulp*-
und anderer Erzählungen, Montrouge 1949

　　『크눌프』에는 '영혼의 유전'에 대한 멋진 문장이 나온다. 아버지는 자
신의 아기에게 외모뿐만 아니라 두뇌까지 유산으로 물려줄 수가 있지만,
영혼만은 물려줄 수가 없다고. 영혼은 각자에게 새로이 부여되는 무엇이
므로.

　　헤세는 여름이 되면 '작가'보다는 '화가'에 가까워진다고 고백했다. 온 갖 녹음이 우거진 자연 속에 파묻혀 그는 풀잎의 노래와 꽃들의 속삭임을 듣고 그것을 색채의 언어로 기록했다. 헤세는 마흔이 되어서야 갑자기 그 림을 그리기 시작했다. 화가가 되고 싶다고 생각한 것이 아니라 그저 그림 을 그리고 싶은 것이었다. 그림은 헤세에게 인내하는 법과 그 자체로 즐거 워지는 법을 가르쳐주었다. 그가 갑자기 그림을 그린다고 하자 친구들은 뜯어말리기도 하고 못마땅해하기도 했다. 헤세는 자신이 무언가 스스로 마 음에 드는 일을 할 때마다 사람들이 자신을 못살게 군다며 아쉬워했다. 그 는 화가가 되기 위해서가 아니라 그림을 그리는 행위 자체로 즐거웠으니 말이다.

나는 꽃이기를 바랐다.
그대가 조용히 걸어와
그대 손으로 나를 붙잡아
그대의 것으로 만들기를.
「연가」

Hermann Hesse

1 헤세가 태어난 곳, 칼프로

평가는 긍정적일 경우에만 가치가 있다.

비난을 담은 부정적인 평가는

설사 그것이 맞다 하더라도

입 밖으로 내는 순간 틀린 것이 된다.

「상념들」

Hermann Hesse

헤세는 그의 작품을 비난하는 언론 때문에 상당한 괴로움을 겪었다. 하지만 그를 비난했던 언론의 화살은 이제 흔적도 찾아보기 어렵게 되었다. 아직까지 살아남은 것은 헤세의 예술혼뿐이다. 예술을 감상할 때 가장 커다란 적은 '예찬하기보다는 비판하려는 마음', '예술가의 성취를 질투하는 마음', '어떻게든 결점을 찾아내려는 마음'이다. 예술은 '분석'이나 '해부'의 눈이 아닌 무조건적인 사랑의 눈으로 바라볼 때 자신의 가장 눈부신 속살을 드러내 보일 테니.

　　마음을 차곡차곡 눌러 담은 문장, 수많은 사람들의 공감을 자아내는 문장, 한 번에 이해되지는 않지만 자꾸만 곱씹어 되뇌고 싶은 문장. 그런 문장들은 수많은 낙서를 통해 갈고닦인다. 낙서는 사유의 밑그림이다. 스마트폰을 쓰면서 우리는 더 이상 종이 위에 낙서를 하지 않게 되었다. 종이 위에 한 시간만 낙서를 해보자. 우리 마음속 숨어 있던 찬란한 자유의 이미지들이 꿈틀거리는 풍경을 보게 될 것이다.

나는 학교에서 퇴학당한 뒤 열다섯 살의 나이에
자발적이고도 열정적으로 독학에 뛰어들었다.
아버지의 집에 할아버지의 방대한 장서가
있었다는 것은 내게 엄청난 행운이자 희열이었다.
「요약한 이력서」

Hermann Hesse

카프카의 작품들이 표현하는 것은 경건함이며,
그것이 일깨우는 것은 헌신과 경외심이다.

《베를리너 타게스블라트》

Hermann Hesse

헤세는 카프카의 열렬한 팬이기도 했다. 카프카의 『성』, 『아메리카』 등에 대해 열정적인 서평을 여러 번 쓸 만큼 그는 카프카를 사랑했다. 헤세는 「카프카 해석」이라는 글에서 이렇게 속삭인다. 한 사람의 시인을 진정으로 이해하는 사람은 시인에 대해 아무것도 묻지 않는다고. 시인을 향해 이론적인, 또는 윤리적인 결론을 기대하지 않는다고. 시인이 들려주는 메시지를 있는 그대로 받아들일 마음밭을 지닌 사람은 작품이 지닌 고유의 언어만으로도 자신이 바라는 모든 해답을 찾을 수 있다고.

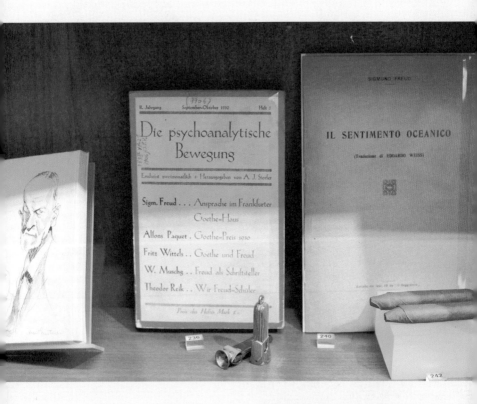

    헤세는 정신분석의 창시자 프로이트의 글을 탐독했고, 정신분석을 '미래의 학문'으로 예찬할 정도로 인간의 심리를 탐구하는 학자들의 작업에 큰 관심을 보였다. 헤세는 프로이트뿐만 아니라 프로이트와 오랜 갈등 관계에 있었던 융의 연구에도 탐닉했고, 정신분석이 지닌 무한한 잠재력을 이미 그 탄생의 순간에 깊이 예감했다.

우리는 어떠한 상황에서도 현실에 만족하지 못한다.
또한 어떤 상황에서도 현실을 숭배하거나 추앙해서는
안 된다. 현실이란 우연의 연속이자 삶의 부산물이기
때문이다. 이 비참하고 실망스럽고 황폐한 현실을
바꾸기 위해, 우리가 현실보다 더 강하다는 사실을
보여줌으로써 현실을 있는 힘껏 부정해야 한다.

「요약한 이력서」

Hermann Hesse

나는 그림을 그리기 위해 존재한다.

그림 그리기는 호숫가 골짜기의 기나긴 역사 속에서

내가 맡은 작은 역할이다.

나는 밀짚모자를 눌러쓰고 배낭을 메고

작은 의자를 가지고 온 산을 누비는 화가다.

「그림을 그리다」

Hermann Hesse

칼프는 '조용한 은둔의 도시'를 꿈꾸는 사람에게 딱 맞는 공간이다. 칼프에 있는 동안 나는 경적 소리도 싸움 소리도, 심지어 라디오나 텔레비전 소리도 들을 수 없었다. 내가 들은 것은 오로지 도란거리는 말소리와 발소리, 그리고 아이들이 뛰노는 소리였다. 숨어 있기 좋은 곳 칼프는 헤세의 작품 분위기와도 잘 어울린다. 이 고요한 은둔자의 감수성은 헤세의 전 생애에 걸쳐 발견되는 공통점이다.

헤세는 『데미안』을 익명의 젊은이 '에밀 싱클레어'의 저작으로 출간했다. 익명의 젊은이가 발표했음에도 엄청난 사랑을 받은 이 작품은 결국 헤세의 작품으로 밝혀졌고 헤세는 이 작품에 주어진 폰타네 상을 반납한다. 그는 『데미안』을 익명으로 출간한 심리적인 이유를 밝혀달라는 기자들의 요청에 답을 주기를 거부한다. 이 세상에는 평론이 캐내지 못하는 비밀들이 있다고. 작가에게는 오직 혼자만 알고 싶은 작고 소중한 비밀을 지킬 권리가 있다고.

작품이 창조될 때, 꿈을 꾸기 시작할 때,

나무를 심을 때, 아기가 태어날 때,

삶은 시작되고 어둠의 시간을 뚫고 나아갈

커다란 틈이 생깁니다.

『서간집』

Hermann Hesse

우울증에 시달리던 헤세는 그림을 그리기 시작했다. 그리고 그림을
그릴 때만은 온갖 강박관념에 시달리지 않았다. 오히려 헤세는 그림을 그
릴 때 '내가 이 세상에서 수채화를 제일 예쁘게 그린다'는 지극히 주관적인
자부심에 넘쳤다. 그래서일까, 그의 글에는 슬픔과 우울의 그림자가 드리워
있을 때가 많지만, 그의 그림에는 늘 명랑하면서도 해맑은 기운, 삶을 사랑
하는 자의 여유 같은 것이 묻어 있다.

내가 헤세를 좋아하는 것은 그의 작품 때문만이 아니다. 나는 그가 삶을 사랑하는 방식을 동경한다. 그는 인생을 즐기는 비밀이 작은 기쁨을 누리는 능력에 달렸음을 알고 있었다. 유쾌한 천성, 끝없는 사랑, 그리고 삶을 즐길 줄 아는 낭만과 서정. 그것이야말로 삶을 축복으로 만드는 능력이다. 그는 「정원의 친구들」에서 그 자잘하고 소소한 삶의 기쁨을 노래한다. 사랑할 줄 알고, 노래할 줄 알고, 세상의 아름다움을 즐길 줄 아는 데에는 돈이 들지 않는다. 고개를 푹 숙이고 고민에 빠져 홀로 터덜터덜 걸어가는 당신을 본다면, 헤세는 이렇게 말할 것이다. 고개를 높이 들어 하늘을 보라고. 눈부신 하늘, 아름드리나무 잎사귀들, 아장아장 걸어가는 강아지들, 떼 지어 노는 아이들, 여인의 머리카락, 그 모든 것을 놓치지 말라고. 인생의 아름다움은 그런 자잘한 풍경들에 깃들어 있다고.

누구든 제대로 말할 기회를 얻어

진심으로 이야기한다면

우리는 그 사람을 사랑할 수 있게 될 것이다.

「책들에 관한 메모」

Hermann Hesse

　헤세는 우울증을 치료하는 최고의 약제는 바로 노래, 경건한 마음, 술, 악기 연주, 시 짓기, 방랑이라고 했다. 그는 위대한 소설가이기도 했지만 풍류를 아는 시인이기도 했다. 모든 예술의 궁극적인 목적은 인생이 살 만한 가치가 있다는 것을 일깨워주는 것이라고 믿었던 헤세. 행복은 다른 무엇도 아닌 내 존재를 둘러싸고 있는 사소한 것들과의 조화임을, 그는 알았다.

더욱 유랑하는 법을 배워야 한다.
그때의 무심한 빛남이
동경의 별 앞에서 퇴색하지 않도록.

「여행하는 재주」

Hermann Hesse

기차역은 여행의 출발점이자 목적지가 된다. 여행을 시작할 때는 매번 낯선 세상에 대한 설렘에 가슴 두근거리고, 여행을 끝낼 때는 이전보다 세상이 한 뼘 더 내 곁으로 다가온 듯한 뿌듯함을 느낀다. 헤세는 여행을 할 때마다 세상이 이전보다 더 아름다워 보인다고 했다. 그는 혼자 여행하는 것을 즐겼는데, 여행을 할 때는 혼자 있다는 사실에 고통을 받지 않는다고 이야기했다. 정말로 그렇다. 혼자 있어도 아무런 부족함을 느끼지 않는 순간, 그 순간의 충일함이 좋다.

오랜 여행을 하다 보면 몸속의 감각에 점점 민감해진다. 내가 언제 목마를지, 언제 배고플지, 언제쯤 춥거나 더워질지, 언제 피곤해지고 졸음이 몰려올지, 언제쯤 발바닥이 타는 듯이 아파올지, 평소보다 더욱 예민하게 느끼게 된다. 하지만 더 많이 보고 더 많이 느끼기 위해 육체적인 아픔은 곧잘 참게 된다. 그런데 마음의 아픔만은 그렇지가 않다. 불친절한 사람이나 필요 이상으로 적대적인 사람을 보면 돌이킬 수 없는 상처를 받는다. 마음의 상처란 그런 것인가 보다. 아무리 준비를 해도 익숙해지지가 않는다.

　　헤르만 헤세의 책들은 나치 시절 출판이 금지되었다. 독일은 나치 시절 수많은 예술가들의 작품 활동에 커다란 제약을 가했는데, 그 희생자 중 하나가 바로 헤세였다. 이제 헤세는 독일인이 가장 사랑하는 작가 중 하나가 되었지만, 그는 생전에 조국에 수없이 상처받았다. 그래서 베를린이나 뮌헨으로 돌아오라는 독일인들의 요구를 거절한 채 스위스에 머물렀다.

"히틀러가 몰락한 이후 나는 독일에서 다시 인정받게 되었지만, 나치가 금
지하고 전쟁 때문에 사라진 내 작품들은 아직도 재출간되지 못하고 있다."
베를린 한복판에는 나치의 홀로코스트를 반성하는 거대한 기념비의 숲이
조성되어 있다.

LIBRARY
STAFF
ONLY

삶이 우리에게 주는 것을 거부하지 않는 것,

그리고 삶이 허용하지 않는 것은 바라지 않는 것,

이것이야말로 삶의 기술이다.

메모

Hermann Hesse

아무 생각 없이 다니다가도 우연히 헤세의 흔적을 발견할 때가 많았다. 마치 헤세의 흔적이 나를 향해 먼저 손짓을 하는 것 같다. 리버풀 도서관에서도 헤세가 먼저 나를 찾아왔다. 무념무상의 상태로 천천히 도서관 장서들을 둘러보고 있었는데 불현듯 수많은 책들 사이에서 헤세의 책이 매직아이처럼 눈에 들어왔다. 그 순간, 아무도 아는 사람이 없는 낯선 도시에서 처음으로 '아는 사람'을 만난 듯 반갑기 그지없었다.

나는 시인이고 탐구자이며 고백자입니다.

내게는 하나의 사명이 있습니다. 다른 탐구자들이

세계를 이해하고 견디도록 돕는 일 말입니다. 그것이

그들은 고독하지 않다고 위안을 주는 것뿐일지라도.

『서간집』

Hermann Hesse

헤세의 고향을 찾아 칼프로 떠나도 좋을 것이다. 헤세의 묘지와 헤세의 정원을 찾아 몬타놀라로 떠나면 더욱 좋을 것이다. 하지만 '헤세로 가는 길'은 언제 어디서나 우리에게 열려 있다. 당신이 헤세의 책을 읽는다면, 당신이 헤세의 소설을 읽고, 시를 읽고, 산문을 읽는다면, 헤세는 항상 당신 곁에 있어줄 것이다. 우리가 책갈피를 소중히 넘기는 순간, 헤세로 가는 길은 우리의 마음속에 환하게 드러날 것이다.

헤세가 남긴 이야기 속으로

데미안에서 싯다르타까지, 헤세의 눈부신 분신들과 만나다

다른 길이 있었더라면

방치된 내면의 삶, 버려지는 무의식의 꿈들

목표를 설정하고 끊임없이 매진하는 책임감 넘치는 삶. 작은 시골 마을에서 천 년에 한 번 나올까 말까 한 천재 소년 한스. 『수레바퀴 아래서』의 주인공 한스는 이런 삶이라면 자신 있었다. 그것은 그가 천재적인 학습 능력을 보이던 10대 초반부터 끊임없이 훈육받은 생활 방식이었다. 하지만 단지 공부를 위한 스트레스 해소 용도가 아닌, '놀이' 그 자체의 무한한 창조적 잠재력은 한스에게 심각하게 결핍된 영혼의 영양소였다. 한스는 원래 놀 줄 아는 소년이었다. 한적한 시골 마을에서 힘차게 노동하고 신명나게 뛰어놀며 살아가는 명랑하고 순박한 사람들. 그들이야말로 한스의 영혼을 훌쩍 자라게 할 수 있는 이웃이자 친구, 가족 같은 사람들이었다. 하지만 아버지와 교사들은 한스가 그들과 함께할 수 있는 유년시절을 빼앗아가버린다. 방학 때도 공부를 하라고 압박하고, 입학시험에 이미 합격한 이후에도 선행학습에 매진하라고 종용한다. 덕분에 한스는 연약하기 이를 데 없는 창백한 청년으로 성장해간다.

한스의 아버지가 좀 더 주의 깊게 아들을 지켜봤다면, '낚시를 그만두라'는 지시를 받은 후 토끼장을 부숴버린 한스의 히스테리컬한 행동에 담긴 의미를 이해했을 것이다. 충분히 열심히 공부하고 있는 한스를 '더욱더 채찍질해야 한다'고 생각했던 교장과 목사 또한 한스의 편중된 교육에 책임이 있었다. 한스는 건강한 육체와 따스한 관심, 아무 고민 없는 놀이가 필요한 아이였다. 다른 모든 아이들처럼. 한스 주변의 모든 어른들이 한스를 가르치려 하지만, 한스의 영혼을 고양시켜줄 만한 스승은 없었다. 교사는 넘쳐나지만 멘토는 없었던 것이다. 구둣방 주인 플라이크만이 '공부만이 살 길이다'라고 말하지 않는 사람, '이 길이 아니어도 다른 길이 있다'는 것을 알려준 유일한 어른이었지만, 한스는 플라이크의 조언을 받아들이지 않는다. 한스의 눈에 비친 플라이크는 그다지 '멋진 어른'이 아니었던 것이다. 소박하고 묵묵하게 자신의 일을 해내고, 화려하진 않지만 신념을 지켜나가는 플라이크. 지적 허영이 강했던 한스에게 그런 '조용한 아름다움'은 눈에 띄지 않는 미덕이었다.

칼 구스타프 융은 '개성화(individuation)'라는 개념을 통해 내적 성장의 필요성을 강조한다. 개성화는 전인적인 자아상을 깨닫는 과정이다. 각자의 무의식에 잠자고 있는 수많은 열망과 상처를 전부 의식으로 통합할 때까지, 평생에 걸쳐 계속되는 내면의 사고 과정이다. 인간의 무의식에는 자신의 총체적 인간상에 대한 청사진이 있는데, 개성화란 무의식의 가능성을 최대한 의식의 수면 위로 끌어올림으로써 무의식이라는 거대한 청사진을 실현하는 길이다. 개성화는 '나는 다른 사람과 똑같아질 필요가 없다'는 것을 깨닫는 과정이다. 다른 사람에게 뒤질까 봐, 다른 사람을 이길 수 없을까 봐 조바심을 치는 것이 아니라, '나는 나로서 충분하다'는 것을 깨닫는 과정이다. 생존과 경쟁의 압박에 시달리는 현대인은 이 '개성화'의 축복을 평생 누리지 못할 수도 있다. 모두가 외적인 성취, 경쟁에서의 승리를 지나치게 강조하는 사회 속에서 내면의 삶은 방치되곤 한다. 하지만 아직 발현되지 않은 무의식의 수많은 꿈들을 탐구하고, 시각화하고, 몸소 실현하려는 사람은 이 개성화 작업을 통해 풍요로운 자기 인식의 길을 닦을 수 있다. 지금 한스는 뼈아픈 성장통을 겪으며 '개성화' 작업을 시도하고 있는 것이다.

"그렇다면 난 정말이지 짐작할 수 없네. 어딘가에 문제가 있긴 있을 텐데 말야. 자네 앞으로 열심히 공부하겠다고 나한테 약속해주겠나?"

한스는 권력자가 내민 오른손에 자신의 손을 얹어놓았다. 교장 선생은 그를 엄숙하면서도 부드러운 눈길로 쳐다보았다.

"그럼, 그래야지. 아무튼 지치지 않도록 해야 하네. 그렇지 않으면 수레바퀴 아래 깔리게 될지도 모르니까."*(146쪽)

한순간에 무너질 수 있다는 것

한스의 눈에 비친 새로운 친구 하일너는 매혹적이면서도 위험한 존재다. 한스가 지금까지 억압해왔던 모든 욕망을 거침없이 실현하는 존재이기 때문이다. 하일너는 걸핏하면 권위에 도전하고, 거리낌 없이 자신의 욕망을 발산한다. 성적을 향한 불안도 없고 미래를 향한 공포조차 없어 보인다. 그런 하일너가 부러우면서도 한스는 그를 두려워한다. 자신의 '그림자'를 향한 본능적인 공포인 것이다. 융 심리학에서 '그림자(Schatten)'는 우리 무의식 속에 억압된 부정적인 요소들의 총합을 가리킨다. 한스가 하일너에게 유독 강렬한 매혹과 공포를 느끼는 것은, 그만큼 자신의 그림자를 오랫동안 억압해왔기 때문이다. 한스는 완벽한

---

* 헤르만 헤세, 『수레바퀴 아래서』, 김이섭 옮김, 민음사. (이하 인용 뒤에는 쪽수만 표기)

책이 있는 실내(Interieur mit Büchern, 1921)

모범생이 되기 위한 준비에 지쳐 그 나이에 당연히 누려야 할 놀이, 사랑, 우정의 욕망을 무조건 억눌러왔다. 하지만 하일너는 한스가 즐기지 못하는 모든 것을 아무런 죄책감 없이 누리고 있다. 하일너와 함께한다는 것은 '나의 그림자와 친밀해지는 것'이다.

하일너가 한스에게 갑작스럽게 키스를 하는 장면. 그것은 한스가 자신의 숨겨진 그림자와 극적으로 조우하는 순간이다. 한스는 하일너가 '멋지다'고 느끼면서도 그와 친해지는 것을 두려워한다. 자신이 소중하게 생각해온 규범이 한순간에 무너질 수 있다는 것을 본능적으로 느끼기 때문이다. 하일너는 학교에서 '아름답고 신성하다'고 가르치는 모든 것을 비웃는다. 위대한 문학작품들을 우습게 보고, 자신은 여자와 키스해본 적도 있다며 성경험이 없는 한스를 어린아이 취급하기도 한다. 만약 한스에게 자신의 '그림자'를 통합하는 균형 감각을 일깨워줄 사람이 있었다면, 한스가 하일너를 두려워만 하지는 않았을 것이다. 융은 그림자를 단순히 억압하지 말고 그림자 자체를 의식으로 불러와 자신의 일부분으로 받아들여야 한다고 말한다. 그림자와 빛, 무의식과 의식을 통합할 수 있을 때 인간의 진정한 '개성화'가 완성된다고 보았던 것이다.

금기나 규범을 파괴하는 순간의 짜릿한 쾌감. 하일너는 그 쾌락을 즐길 줄 아는 아이였고, 한스는 그 모습을 은근히 부러워한다. 하지만 하일너의 우정을 위험한 유혹으로 감지하는 한스

때문에 두 사람은 금방 친해지지 않는다. 하일너와 친해졌다가는 성적이 떨어지고, 교사들의 신임을 잃고, 아버지의 기대를 충족할 수 없다는 불안이 있었던 것이다. 그러나 하일너가 교사들에게 심한 꾸지람을 듣고 격리되자, 한스의 마음이 흔들리기 시작한다. 하일너를 부러워하던 아이들까지도 하일너에게 등을 돌리고 하일너는 점점 고립되어간다. 한때 자신이 유일하게 호감을 표했던 친구 한스마저 자신의 외로움을 모른 척하자 하일너역시 크게 실망한다. 한스는 하일너의 곁으로 가서 그의 친구가 되어주고 싶지만, '자신이 금지해온 모든 것'을 대변하는 존재, 자신의 '그림자'를 투사(投射, projection)하는 존재와 진정으로 맞닥뜨릴 준비가 되어 있지 않았다.

갑작스러운 키스

한스는 '다른 아이들과 나는 다르다'는 생각 때문에 커다란 아픔을 느낀다. 그는 '최고가 되고 싶다'는 열망과 '아름답고 특별한 관계를 맺고 싶다'는 열망 사이에서 균형을 찾지 못한다. 억압당한 무의식의 그림자는 의식을 향해 대가를 요구한다. 당신이 진정으로 원하는 꿈, 사랑, 열정을 억압하면, 무의식은 그것을 잘 기억하고 있다가 어떤 형태로든 의식을 향해 메시지를 보낸다. 무의식이 의식을 향해 보내는 메시지가 절박해질수록 다양한 신경증과 끔찍한 악몽이 나타난다. 속 깊은 대화를 나눌 수 있는 친구를 사귀지도 못하고, 즐거운 취미나 오락거리를 찾지도 못한 한스는 점점 짙은 외로움을 느낀다. 헤르만 헤세는 친구를 만들지 못하는 한스의 상태를 이렇게 묘사한다. "애타게 그리운 그 우정의 나라가 한스를 잡아끌었지만 수줍음이 가로막았다."라고. 한스는 "어머니 없이 엄격하게 자랐기 때문에 남에게 다가가 다정하게 기대는 능력이 위축되어버린 것"이라고.

남에게 먼저 다가가 다정하게 기대는 능력. 그것은 자신의 아니마(anima), 즉 무의식의 여성성과 대화하는 능력과도 상관이 있다. 아니마는 통제하고, 지배하려는 욕망이 아니라 타인과 진정으로 관계를 맺고 진심을 털어놓고 싶은 욕망과 관련된다. 다정한 눈빛을 주고받으며, 기대고 싶은 사람에게 비밀을 털어놓을 수 있는 것도 '정신의 능력'에 속한다. 자신의 아니마와 만날 수 있는 능력, 무의식의 그림자를 통합하는 능력이다. 한스는 자신의 아니마와 만날 수 있는 길을 스스로 차단하고 있었던 것이다. 한스와 깊은 우정을 나누고 싶어 하는 하일너야말로 한스의 잃어버린 아니마를 상기시키는 존재다. 하일너의 갑작스러운 키스는 한스에게 공포를 불러일으키지만, 그것은 '네 안의 또 다른 너'와 만나보라는 무의식의 메시지를 실감하는 과정이기도 하다.

헤르만 하일너는 천천히 팔을 펴 한스의 어깨를 붙들었다. 그러고는 서로의 얼굴이 거의 닿을 만큼 한스를 끌어당겼다. 한스는 갑자기 상대방의 입술이 자기의 입에 닿는 느낌 때문에 소스라쳐 놀라고 말았다.

한스의 심장은 이제까지 느껴보지 못한 야릇한 감정을 이겨내지 못하고, 두근거리기 시작했다. 하일너와 어두운 침실에 함께 있다는 것, 그리고 갑자기 서로 입맞춤을 나눈다는 것은 한스의 모험심을 충족시켜주면서도 새롭고 위험천만한 일이었다. 만일 누군가에게 들키기라도 한다면, 그야말로 끔찍스러운 꼴을 당하게 될지 모른다는 생각이 들었다. 왜냐하면 다른 사람에게는 두 소년의 입맞춤이 방금 전에 하일너가 흘렸던 눈물보다 훨씬 더 우스꽝스럽고 치욕스럽게 여겨질 것이 틀림없기 때문이었다.(91쪽)

내 마음을 비추는 타인의 위험

한스는 지금까지 억압해왔던 모든 휴식과 놀이, 예술과 축제를 향한 뜨거운 열망을 하일너를 통해 보상받으려 한다. 자아가 진정으로 원하지만 차마 자신의 것으로 받아들이기 어려운 충동이나 욕구를 외부로 돌려버리는 심리 기제, 이것을 프로이트 정신분석학에서는 '투사'라고 한다.

학교와 아버지, 그리고 몇몇 선생들의 야비스러운 명예심이 연약한 어린 생명을 이처럼 무참하게 짓밟고 말았다는 사실을 생각한 사람은 아무도 없었다. 왜 그는 가장 감수성이 예민하고 상처받기 쉬운 소년 시절에 매일 밤늦게까지 공부를 해야만 했는가? (……) 왜 심신을 피곤하게 만들 뿐인 하찮은 명예심을 부추겨 그에게 저속하고 공허한 이상을 심어주었는가? 왜 시험이 끝난 뒤에도 응당 쉬어야 할 휴식조차 허락하지 않았는가?(172~173쪽)

예컨대 평생 첫사랑의 쓰라림을 잊지 못하고 만나는 여성마다 '첫사랑의 닮은꼴 또는 분신'으로 여기는 남성은 자신의 이상형을 현실의 여성에게 '투사'하고 있는 것이다. 로버트 존슨(Robert A. Johnson)은 투사의 위험성을 이렇게 지적한다. "남성은 대체로 내면세계의 이상을 상대 여성에게 투사하느라 바빠서 실제 자기와 함께하는 여성의 진정한 아름다움이나 가치는 보지 못한다."* 내가 진정 원하는 것을 타인을 통해 충족시키려 할 때, 우리는 이러한 투사의 위험에 빠진다. 한스는 우정을 통해 자기가 잃어버린 모든 것을 보상받으려 했고, 그리하여 위험에 빠진

---

*   로버트 존슨,『We』, 고혜경 옮김, 동연, 2008, 120쪽.

자신의 삶은 물론 하일너의 무너져가는 일상 또한 알아채지 못한 것이 아닐까.

융은 투사를 신경증적 자기방어기제로만 바라보지 않았다. 투사야말로 무의식을 의식화할 수 있는 절호의 기회일 수 있다는 것이다. 투사가 그저 내 욕망을 타인의 것으로 덮어씌우는 자기방어 심리로 끝나지 않고, 투사를 통해 무의식의 간절한 메시지를 읽어낼 수 있을 때, 진정한 개성화가 시작될 수 있다. 오직 정해진 목표를 위해 엄격하게 단련하는 삶에만 자신을 던져온 한스는, 그렇게 살아가는 동안 잃어버린 모든 삶을 우정을 통해 보상받으려 한다. 그러나 아무리 대단한 우정이라도 '내가 살지 못한 삶'을 친구에게 대신 짐 지울 수는 없다. 나에게 부족한 모든 것, 내가 살아내지 못한 모든 것을 타인을 통해 보상받을 수는 없다. 나만이 해결할 수 있는 삶의 화두가 있고, 그 화두를 풀기 위해서는 엄청난 고독 속에서 부끄러운 치부와 대면하는 용기가 필요하다.

하일너가 또 한 번 말썽을 부려 강제 퇴학을 당하게 되자 이제 한스는 완전히 고립무원의 상태가 된다. 학교생활에서 어떤 의미도 찾지 못하는 한스는 점점 심각한 신경쇠약 증상을 보이게 되고, 이를 걱정한 교사들은 한스를 의사에게 데려간다. 그러나 교사와 의사는 한통속이 되어 한스를 '제거해야 할 문제'로 바라보고 한스에게 절실히 필요한 진심 어린 애정을 보여주

—
카슬라노의 가을날(Herbsttag bei Caslano, 1920)

지 않는다. 한스의 신경증은 그를 향해 어떤 메시지를 보내고 있었던 걸까. 로버트 존슨은 이러한 신경증을 '무의식'이 '의식'에게 요구하는 일종의 '조공'으로 본다. "무의식으로부터 나오는 강력한 잠재력을 의식적으로 통합하길 거부할 때 무의식은 어떻게든 조공을 바치게 만드는데 조공의 형태는 신경증이나 강박적 모드, 우울증, 강박관념, 상상의 각종 질병, 마비성 우울증 등으로 나타난다."* 한스의 무의식이 의식을 향해 이제 너의 그림자와 홀로 대면할 때가 왔다고 알려준 것은 아닐까. 한스는 홀로 이 엄청난 정신의 위험과 대면해야 한다. 나의 가장 어두운 형제, 그림자를 통합해야만 진정한 개성화에 이를 수 있다.

그다음 날, 수학 선생은 벽에 걸려 있는 칠판에 기하도형을 그리고 나서 이 도형을 증명하도록 한스를 호명했다. 한스는 그만 칠판 앞에서 현기증을 일으키고 말았다. 백묵과 잣대를 들고 아무렇게나 칠판 위에 휘갈겨 쓰다가 필기도구를 떨어뜨렸다. 그것을 주우려고 몸을 굽혀 바닥에 무릎을 꿇고는 다시 일어나지 못했다.

(……) 의사는 한스가 즉시 요양을 위해 휴가를 떠나야 한다고

---

* 로버트 존슨, 『We』, 고혜경 옮김, 동연, 2008, 60쪽.

말했다. 그리고 이제는 신경전문의와의 상담이 필요하다는 의견을 조심스럽게 내놓았다.

"저 아이는 분명 무도병에 걸리고 말 거예요."(173~174쪽)

나에겐 아무런 미련이 없는 그 사람, 첫사랑

하일너와 헤어지고 극심한 신경쇠약에 시달리던 한스는 급기야 학교를 그만두고 고향으로 돌아와 살게 된다. 공부와 우정, 그에게 가장 소중했던 두 가지를 한꺼번에 잃어버린 한스는 삶의 목표를 완전히 상실하고 방황한다. 자살까지 생각했던 한스에게 뜻밖에 구원의 손길이 다가온다. 바로 첫사랑이었다. 모든 사람에게 인기 만점인 사랑스러운 소녀 엠마. 엠마는 기다리기라도 한 것처럼 오랜만에 고향에 돌아온 한스를 거침없이 유혹하고, 어린 시절부터 엠마를 동경했던 한스는 마법에 걸린 듯 사랑에 빠진다. 엠마와의 첫 키스는 한스에게 강렬한 상흔을 남긴다. 그것은 환희 어린 상처였고, 비애 섞인 희열이었다. 엠마와의 키스는 유년기와의 완전한 작별을 의미했고, 다시는 그 이전의 상태로 돌아갈 수 없음을 의미했다.

이 모든 것이 너무나도 즐겁고 행복했건만, 이제는 그로부터 멀리 떨어져 전혀 낯선 과거가 되어버렸다. 그래서 한스는 껍질이 거친 아름드리 잣나무에 기대어 절망에 싸인 채 흐느껴 울기 시작했다. 이 눈물도 그에게 순간의 위안과 구원을 줄 뿐이었다.(225쪽)

한스가 사랑에 빠지는 순간은 자신의 슬픔과 온전히 만나는 순간이기도 했다. 자기의 슬픔을 남의 탓으로 돌리지 않고, 자신의 감정에 완전히 솔직해지는 순간이었다. 사랑에 빠진 한스는 모든 것을 새로 시작해야 한다고 생각했다. 그는 신학자의 길을 완전히 접고, 기계공이 되기로 한다. 이 모든 과정이 너무도 급작스러웠지만, 한스에게는 별다른 선택권이 없었다. 한스는 어린 시절의 친구 아우구스트에게 찾아가 기술을 배우기로 한다. 그는 결정한다, 창백한 학문의 세계에서 건장한 남성적 노동의 세계로 이동하기로. 엠마를 위해 더 멋진 남자가 되고 싶은 마음이 자살 충동으로 무너져가는 한스를 잠시 일으켜 세운 것 같았다. 하지만 엠마는 어떤 메시지도 남기지 않고 작별 인사도 하지 않은 채 한스를 떠나버린다. 그녀는 그를 전혀 진지하게 생각하지 않았던 것이다. "분노에 찬 고통과 이제 막 눈뜬 채워지지 못한 사랑의 힘이 음울한 아픔이 되어" 그를 괴롭힌다. 가슴 아픈 첫사랑이 시작되자마자 서둘러 끝나버린 것이다. 하일너 이후로 가장 깊은 애착을 느낀 엠마였지만 그녀는 그렇게 떠나버린다.

한스가 사랑을 쏟으려는 대상은 하나같이 그를 떠난다. "손에 넣고 싶은 삶의 모든 것과 매력이 엠마와 함께 다가왔다가 심술궂게 다시 미끄러져 사라진 느낌이었다."

남성의 내면에 존재하는 이상적 여성상, 아니마는 흔히 첫사랑의 경험을 통해 최초로 드러나곤 한다. 융은 남성 안의 여성상, 아니마의 발전에는 4단계가 존재한다고 말했다. 1단계는 야생적이고 모성적인 여성상, 즉 이브의 이미지다. 2단계는 낭만적이고 탐미적인 여성상, 헬레네와 같은 여성상이다. 마릴린 먼로와 같은 유혹적인 여성상, 대중문화에서 가장 선호하는 팜므파탈적인 여성상이 바로 2단계의 전형이다. 3단계는 마리아의 여성상, 즉 에로스적인 사랑을 신성한 헌신으로까지 고양한 여성상이다. 육체적 사랑을 넘어 정신적 우정을 나눌 수 있는 여성이 바로 이러한 단계를 뜻한다. 4단계는 가장 성스럽고 숭고한 여성상으로서 지혜의 여신 아테네와 같은 여성상이다. 예술가에게 창조성의 원천이 되어주는 '뮤즈'가 바로 이런 여성이다.*

어린 시절에는 어머니의 아니마에게 보호받고, 10대나 20대에는 2단계의 유혹적인 아니마에 마음을 빼앗기던 남성은 시간이 지나면서 점점 3단계와 4단계의 여성상을 갈망하게 되고, 여

---

* 대릴 샤프, 『생의 절반에서 융을 만나다』, 류가미 옮김, 북북서, 2009 참조.

—
카사 카무치 탑으로 올라가는 나선형 계단
(Wendeltreppe zum Türmchen der Casa Camuzzi, 1930)

성과 관능적 사랑만이 아닌 우정과 지혜, 예술과 창조의 열정을 공유하게 됨으로써 진정한 개성화에 이르게 된다는 것이다. 물론 이런 행운이 누구에게나 찾아오는 것은 아니며, 이는 엄청난 노력을 필요로 하는 정신의 모험이다. 안타깝게도 3단계와 4단계의 성숙한 여인상을 만날 수 있는 기회가 한스에게는 주어지지 않았다. 엠마는 그에게 처음이자 마지막 여성이었던 것이다.

모든 것이 이상하게도 달게 변해 있었다. 아름다움을 자아내며 마음을 설레게 만들었다. 과즙 찌꺼기를 먹어 통통하게 살이 오른 참새들은 요란스럽게 지저귀며 쏜살같이 하늘을 날고 있었다. 하늘이 이처럼 높고, 아름답고, 그리움으로 푸르게 물들었던 적은 한 번도 없었다. 둑이 이리도 눈이 부시리만치 하이얀 거품을 내뿜은 적이 없었다. 모든 것이 장식을 두른 그림처럼 새로이 그려져 투명하고, 산뜻한 유리판 뒤에 세워진 듯이 보였다. 또한 모든 것이 한바탕 축제가 벌어지기를 기다리고 있는 것 같았다. (……) 이 모순적인 감정은 희미하게 솟구치는 샘물이 되어 있었다. 몹시도 강렬한 그 무엇이 한스의 가슴 깊숙이 묶여진 사슬을 끊고, 자유를 만끽하려는 듯했다. 그것은 아마도 흐느낌이거나 노래거나 부르짖음이거나, 아니면 떠들썩한 웃음이었을 것이다.(213쪽)

아무에게도 이해받지 못한 슬픔

시작되자마자 끝나버린 안타까운 사랑의 기억을 안고, 차마 '추억'조차 되지 못한 아픈 시간의 흔적을 품고, 한스는 다시 시작하려 한다. 아버지는 아직 신경쇠약에서 완전히 벗어나지도 못한 한스를 또 한 번 다그친다. "한스, 기계공이 되고 싶니, 아니면 서기가 더 되고 싶니?" 아버지는 항상 이런 식이다. 이것 아니면 저것. 두 가지 중에서 선택하라는 것이지만 사실 두 가지 모두 '아버지의 뜻'이다. 아버지의 뜻을 벗어난 삶이란 처음부터 없었다. 어린 시절의 선택지도 이런 식이었다. 신학생이 되는 길, 아니면 평범한 인간이 되는 길. 이제 그는 심지어 '평범한 인간'이 되기 위해서도 둘 중 하나를 선택해야 한다. 기계공 아니면 서기. 한스는 아버지를 뛰어넘을 강인함을 지니지 못한 상태에서 '아버지의 선택'이라는 견고한 매트릭스 속으로 빨려 들어간다.

융은 '관계 맺음(Bezogenheit)' 없는 개성화는 불가능하다고 강조한다. 누군가와 함께할 수 있는 능력, 그리고 누군가와 함께 나눌 수 있는 무언가. 그것이야말로 개성화의 필수 요건이다. 한스는 하일너를 통해 '함께할 수 있는 능력'을 시험했으나 아직 남과 나눌 수 있는 자기만의 내용이 없었다. 그렇기에 속수무책으로 삶의 운전대를 놓아버리고 하일너가 이끄는 대로 따라가

다 하일너가 없어지자 완전히 길을 잃어버린 것이 아닐까. 그는 또 한 번 기회를 맞는데, 그것은 엠마와의 첫사랑이었다. 그러나 이 사랑에서도 그는 '관계 맺음'의 의미를 제대로 깨닫지 못한다. 엠마가 유혹하는 대로 덧없이 끌려 다니다가, 엠마가 떠나버리자 적극적인 노력도 해보지 않은 채 '그녀가 떠나버렸다'고 탓하기만 한다. 스승이 이끄는 대로, 아버지가 이끄는 대로, 친구가 이끄는 대로, 여인이 이끄는 대로. 한스는 그렇게 평생 남에게 이끌려 다니다 '나의 삶'을 개성화하는 데 실패하고 만 게 아닐까.

한스의 주변 사람들은 그의 존재 자체를 사랑하기보다 한스로 인해 얻을 수 있는 명예에 집착했다. 그들은 한스가 신학자로 성공해 자신들의 위신을 드높이길 기대했던 것이다. 한스의 여위어가는 몸과 시들어가는 영혼을 걱정해주지 않고 더욱 한스를 몰아치기만 했던 교장과 목사. 그들은 한스가 죽은 후에도 한스의 존재 자체를 기리거나 그리워하기보다 '아까운 인재'라는 식의 계산적인 판단밖에는 내리지 못한다. 견습공으로 지내던 한스는 동료들의 강권 속에 처음으로 만취했고, 집에 돌아오는 길에 행방불명되고 만다. 아무도 그를 이해하지 못했다. 아무도 그의 슬픔을, 잃어버린 어린 시절의 안타까움을, 태어나자마자 죽어버린 첫사랑을, 모든 것을 주었지만 허무하게 끝나버린 뜨거운 우정을 알지 못했다. 그는 그렇게 자신의 무의식이 막 개화를 시작하는 순간, 무의식의 자기실현이 막 꽃을 피우려던 순간, 세상에서 가장 연약하고 아름다운 꽃봉오리인 채로 세상을 떠났다.

한스에게는 무의식의 그림자를 의식의 햇빛에 비추어볼 줄 아는 지혜가 부족했다. 세상을 향한 막연한 두려움과 '나는 특별하다'는 오만은 마치 동전의 양면처럼 한스의 의식을 지배하며, 결정적인 순간마다 내면의 성장을 방해한다. 한스는 하일너와 엠마를 잃어버리면서 지금까지 간신히 단속해온 자신의 내면이 갈가리 찢기는 고통을 경험한다. 융의 분석심리학에서 분열의 고통은 이후의 통합을 향한 장대한 여정에서 필수적인 통과의례다. 이 시기가 지나고 언젠가 더 멋진 자아와 만날 수 있다는 희망을 심어주는 사람이 있었다면, 혹은 한스 자신이 그런 희망을 가질 수 있었다면, 그는 차가운 강물 위의 시체로 발견되지 않았을 것이다. 나는 영원히 끝나버린 한스의 안타까운 여정을 『나르치스와 골드문트』, 그리고 『데미안』을 통해 조금이나마 위로받을 수 있었다. 마치 한스가 너무 깊은 슬픔에 빠져 미처 겪어내지 못한 '개성화'의 과정을 나르치스와 골드문트, 데미안과 싱클레어가 배턴을 이어받아 대신하는 듯한 느낌이 든다.

같은 시각, 아버지가 마음속으로 그토록 꾸짖던 한스는 이미 싸늘한 시체가 되어 검푸른 강물을 따라 골짜기 아래로 조용히 떠내려가고 있었다. 구역질이나 부끄러움이나 괴로움도 모두 그에게서 떠나버렸다. (……) 그가 어떻게 물에 빠지게 되었는지도 알 수 없는 일이었다. 길을 잃고, 가파른 언덕에서 발을 헛디뎠는지도 모른다. 아니면 목이 말라 물을 마시려다가 몸의 중심을 잃었는지도 모른다. 혹시나 아름다운 강물에 이끌려 그 위로 몸을 굽혔는지도 모른다. 평화와 깊은 안식이 가득한 밤, 그리고 창백한 달빛이 그를 향해 비추었기 때문에 피곤함과 두려움에 지친 나머지 어찌할 수 없이 죽음의 그림자에 휘말려들었는지도 모른다. (260~261쪽)

내 그림자가 너의 빛을 깨우다
니 르 치 스 와   골 드 문 트

교감, 너의 목소리를 듣다

융은 말한다. "내 모든 경험상 사랑은 거의 다 올라갔다고 생각했을 때 더 높이 우뚝 솟아 있는 거대한 산과 같습니다." 사랑은 '이제 고지가 바로 저기다'라는 인간의 명석한 판단을 보기 좋게 조롱한다. 사랑의 대상을 '이제 거의 이해했다' 싶을 때, 상대방은 전혀 다른 얼굴을 보여준다. 마치 '네가 알고 있는 나는 진정한 내가 아니야'라고 속삭이듯. 타인을 향한 닿을 수 없는 사랑은 심각한 정신적 고통을 초래하기도 한다. 융은 '마음의 병'을 이렇게 정의한다. 정신신경증이란 궁극적으로 그 의미를 발견하지 못한 영혼의 고통이라고. 고통에 '의미'를 부여할 수 있다면, 그 의미로 고통을 스스로 해석할 수 있다면, 아픔은 제 갈 길을 찾게 마련이다. 고통받는 영혼은 방황하게 되어 있다. 방황은 우리 영혼의 에너지를 고갈시키고 삶에 대한 의지마저 꺾어

놓을 때가 많다. 방황에 대한 본능적 공포는 시간을 마치 돈처럼 효율적으로 관리해야 한다는 근대적 시간관념에서 우러나온다. 그러나 모든 방황의 고통이 영혼을 파괴하는 것은 아니다. 자신도 모르게 스스로를 치유하는 방황도 있다.『나르치스와 골드문트』는 바로 평생을 방황으로 일관한 한 청년과 그 방황을 말없이 지켜봐준 친구의 아름다운 우정 이야기다.

　로드무비는 보통 친구 두세 명이 '함께 떠나야' 이루어지는 장르다. 하지만 내게는『나르치스와 골드문트』야말로 진정한 '마음의 로드무비'처럼 느껴진다. 한 사람은 평생 수도원에 은둔하고, 한 사람은 평생 수도원 바깥을 떠돌며 유랑하지만, 두 사람의 영혼은 항상 같이 여행을 하고 있는 것 같기 때문이다. 함께 떠나지 않아도 늘 함께 여행하는 듯한 영혼의 동반자. 이것이야말로 진정한 로드무비의 주인공들이니까.「요한의 첫째 편지」에는 다음과 같은 아름다운 문장이 나온다. "아무도 신을 본 자는 없다. 하지만 우리가 서로 사랑한다면 신은 우리 안에 있느니라." 낭만적이고 열정적인 골드문트, 차분하며 이지적인 나르치스. 정반대 성향을 지닌 두 사람은 평생 신의 메시지를 찾아 헤매지만, 각각 신을 찾는 방식이 다르다. 나르치스는 평생 학문에 매진하며 수도원 안에서 신의 사랑을 찾고, 골드문트는 평생 세상 곳곳을 떠돌며 신의 사랑을 찾는다. 하지만 그들이 각자의 공간에서 그토록 절실하게 찾았던 신은 수도원 안이나 바깥 같은 구체적인 공간이 아니라, 성경이나 성화 같은 종교적 상징 속이 아니라, 서로를 아끼고 사랑하는 두 사람의 '마음' 안에 있었다.

나르치스는 자신의 운명을 처음부터 속속들이 알고 있는 사람처럼 보인다. 수도원장이 지나치게 공부에만 집중하고 친구를 사귀지 않는 나르치스를 걱정하자, 나르치스는 자기 운명의 갈 길을 이미 알고 있음을 고백한다. 수도원장의 운명과 심리까지 분석해내는 나르치스의 날카로운 심안에 수도원장은 기가 질려버린다. 수도원의 최고 수장인 수도원장조차도 어린 나르치스를 감당해낼 수는 없었다. '마음의 체급'이 같은 사람이 나타날 때까지, 나르치스는 친구 사귀기를 미뤄야 했다. 나르치스 영혼의 진정한 오디세이가 시작되는 시점. 그것은 금빛 속눈썹을 반짝이며 스쳐 지나가는 모든 존재들에게 강력한 호기심을 보이는 아름다운 소년 골드문트가 나타나는 순간이었다.

나르치스는 마치 황금의 새처럼 너무나 멋진 소년이 자기한테로 날아왔다는 것을 잘 알고 있었다. 군계일학처럼 외로운 존재였던 나르치스는 골드문트가 모든 면에서 자기와 상반된 존재인 듯하면서도 닮은 데가 있다는 것을 직감으로 알았다. 나르치스가 어두운 성격에 깡마른 체격이었다면 골드문트는 눈부시게 화사한 존재였다. 또 나르치스가 사변가요 분석가였다면 골드문트는 몽상가로서 어린아이처럼 순진한 영혼의 소유자로 보였다. 그렇지만 두 사람 사이의 그러한 대립적 측면보다는 공통점이 더 컸다. 둘은 훌륭한 인격자였고 두 사람이 보여주는 재능과 개성은 다른 생도들에 비해 두드러졌으며, 또 둘은 숙명적으로 그 어떤 특별한 경고를 받으며 태어난 존재였던 것이다. 나르치스는 이 어린 영혼에 뜨겁게 빠져들었으며 그의 성격과 운명을 금세 간파하였다.*(31쪽)

우리 영혼은 처음부터 강하게 연결되어 있다는 느낌. 당신의 삶이 객관적으로는 나와 거리가 멀지라도, 당신의 처지와 성격, 관심사와 미래, 그 어느 것에서도 공통점이나 유사점을 찾을 수 없을지라도, 당신의 운명에 내 운명이 완전히 속하는 느낌. 융은 바로 이렇게 한 존재가 다른 존재를 향해 느끼는 불가해한 일체감을 '신비적 참여'라 불렀다. 그것은 살아 있는 사람을 향한 의식적인 교감일 수도 있고, 집단무의식의 차원에서 신화적 인물의 원형적 삶에 대한 우리 자신의 무한한 일체감일 수도 있다. 예컨대 남편은 부인의 꿈을 대신 꾸고, 부인은 남편의 꿈을 마치 자기의 꿈처럼 생생하게 체험하는 것이 바로 신비적 참여

---

* 헤르만 헤세, 『나르치스와 골드문트』, 임홍배 옮김, 민음사. (이하 인용 뒤에는 쪽수만 표기)

다. 그리하여 융은 부부 사이에 심리적 갈등이 있을 때, 반드시 두 사람 모두를 '한 사람'처럼 상담해야 한다고 말한다. 때로는 상대방이 나보다 더 나를 잘 알고 있을 때가 있다. 내가 어떤 사람 자신보다 그를 더 많이 사랑하는 듯한 느낌이 들 때도 있다. 바로 그런 순간, 우리는 저마다 이 아름다운 '신비적 참여'의 주인공이 된다.

나르치스는 골드문트와의 첫 만남에서 이미 둘 사이의 '신비적 참여'를 경험한다. 두 사람의 운명이 결코 분리될 수 없다는 것을 강하게 느끼면서도 좀처럼 골드문트에게 다가가지 못하는 나르치스. 그는 고귀한 정신적 수련에 집중하는 자신의 소임을 조금이라도 소홀히 하고 싶지 않았던 것이다. 엄청난 자제력과 숭고한 이상을 겸비한 나르치스는 골드문트를 바라만 보며 자신의 감정을 억누른다. "그는 소년이 자신과 극단적으로 상반된 성격이면서도 자신을 보완해줄 수 있다는 것을 직감으로 알았다. 할 수만 있다면 소년을 가까이에 두고서 그를 이끌어주고 깨우쳐주고 끌어올려서 활짝 꽃피게 하고 싶었다." 무엇보다 나르치스를 주저하게 만들었던 것은 선생들과 수도사들이 생도들에게 '호감'을 느끼는 경우를 혐오스럽게 바라봐왔기 때문이었다. "그 자신도 나이 든 선생들의 탐욕스러운 눈길이 자기한테 머무는 것을 역겹게 느껴온 터였고 그들이 마치 응석받이 아이 다루듯이 다정스레 구는 것에 내심 거부감을 느끼면서도 묵묵히

응대하곤 했던 것이다." 나르치스는 이제야 자신을 향해 찬탄의 시선을 보내던 나이 든 선생들의 마음을 이해하게 되었다. 그 자신도 골드문트의 미소를 좀 더 가까이서 보고 싶었으며, 그 환한 금발을 다정하게 쓰다듬고 싶은 유혹을 느낀 것이다. 하지만 나르치스는 엄청난 자제력으로 그 유혹을 극복했다. 골드문트가 수도원의 생도가 된 지 1년이 넘도록 나르치스는 골드문트에게 '특별한 애정'을 표현하지 못했다.

골드문트와의 우정이 아무리 유혹적이라 해도 그것은 나르치스에게 '위험한 조짐'으로 다가왔으며, 자기 생활의 핵심이 위태로운 우정 때문에 흐려지는 것을 스스로 용납할 수가 없었다. 그렇게 거리를 두던 중 골드문트에게 '사건'이 일어나고 만다. 친구들의 유혹에 빠져 수도원 밖으로 '밤 마실'을 다녀온 사이, 처음으로 여성과 입맞춤을 경험한 것이다. 평생 수도원에서 진리를 탐구할 결심을 했던 골드문트에게 이 사건은 치명적인 트라우마였다. '다시 오라'고 속삭이던 아름다운 소녀의 목소리와 다정한 입맞춤의 유혹은 너무도 강렬한 것이어서 골드문트는 수업 시간에도 집중하지 못하고 괴로워한다. 그 모습을 단박에 알아본 나르치스는 아무 말 없이 골드문트를 보살펴준다. 미주알고주알 사연을 물어보지도 않고, 어떤 '고해성사'도 요구하지 않은 채, 그저 울고 싶다면 마음껏 울어도 좋다고 말해준다. 자신의 고통을 아무 조건 없이 받아주는 존재를 만나자 골드문트는 그제야 울음을 터뜨린다. 솟구쳐 오르는 감정을 표출할 비상구가 필요했던 것이다. 그때부터 나르치스는 골드문트의 둘도 없는 친구가 된다.

세상에서 가장 어려운 만남

진심으로 하는 말이야. 우리는 가까워질 수 없어. 마치 해와 달, 바다와 육지가 가까워질 수 없듯이 말이야. 이봐, 우리 두 사람은 해와 달, 바다와 육지처럼 떨어져 있는 거야. 우리의 목표는 상대방의 세계로 넘어 들어가는 것이 아니라 서로를 인식하는 거야. 상대방을 있는 그대로 지켜보고 존중해야 한단 말이야. 그렇게 해서 서로가 대립하면서도 보완하는 관계가 성립되는 것이지. (……) 너는 어린 시절을 잃어버렸지만, 네 영혼의 깊은 바닥에는 어린 시절을 그리워하는 갈망이 꿈틀대고 있지. 너는 그때문에 괴로워하고 있지만 언젠가는 그 영혼의 소리를 듣게 될 거야.(70~73쪽)

누군가 나의 단점을 정확히 지적할 때, 내가 말하지 않은 나의 상처까지도 예리하게 꿰뚫어 볼 때, 입 밖으로 표현한 적 없던 그 모든 상처를 한꺼번에 들킨 느낌이 들 때, 그 자리에서 도망치고 싶었던 경험이 있는가. 나보다 나를 더 잘 아는 사람을 만났다는 느낌이 들 때, 그 첫 느낌은 반가움보다 공포로 시작되는 경우가 많다. 마치 영혼을 찍는 초고화질 카메라라도 가진 것처럼 내 마음 구석구석을 엿보는 사람이 있을 때, 우리는 그 사람을 일단 경계하게 된다. 그 사람은 내 상처를 치유하고, 내 안의 가장 밝은 빛을 끌어낼 가능성을 지닌 사람인데도, 우리는 그런 사람에게서 도망치고 싶어 한다. 심리학에서는 이를 '저항(Widerstand)'이라고 부른다. 무엇이 진정한 치료의 방향인지 환자 스스로 어렴풋이 인식하고 있으면서도 오히려 그 치료의 방향에 역행하는 모순적인 행동을 하는 것이다.

예를 들어 상담 치료가 어느 정도 무르익었을 때, 환자들이 치료에 오히려 방해가 되는 퇴행적인 행동을 하는 경우가 있다. 일부러 치료 시간에 지각을 하거나, 아예 모습을 드러내지 않는다든가, 의사가 중요한 질문을 해도 오랜 시간 침묵을 유지한다든가, 일부러 의사를 시험하듯 거짓말을 꾸며대기도 한다. 무엇이 내 '무의식과의 진정한 만남'을 위해 필요한지를 알고 있으면서도, 자신도 모르게 무의식과의 진정한 대면을 회피하는 것이다. 세상에서 가장 어려운 만남, 그것은 위대한 타인과의 만남이 아니라 그토록 숨기고 싶었던 나 자신과의 만남이다.

나르치스가 골드문트에게 '너와 나의 운명은 전혀 다르다'고 선언하는 순간도 그렇다. 나르치스는 골드문트와 자신이 결코 '비슷한 운명'이 아님을 직감한다. 자신은 학문의 길, 종교의 길을 걸어야 할 사람이지만, 골드문트는 결코 아니었다. 나르치스는 자신의 적성과 전혀 맞지 않는 수도사의 길을 택하고, 그 길을 어떻게 해서든지 완수하려는 골드문트를 걱정스러운 눈빛으로 바라보며 말한다. "네가 늘 골드문트다운 것은 아냐. 제발 네가 순수하게 골드문트였으면 좋겠어. 너는 학자도 아니고 수도사도 아니란 말이야." "문제는 너 자신이 어떤 존재인가를 나한테 제대로 보여주지 못한다는 점이야."

골드문트는 당혹스러웠다. 자신은 하느님을 향한 길, 믿음을 향한 길을 의심해본 적이 없었다. 적어도 '의식적으로는' 그랬다. 아버지의 권유로 수도사의 길에 접어들긴 했지만, 억지로 끌려온 것은 아니었다. 그런데 나르치스는 골드문트에게 끊임없이 '넌 나와 다른 길을 가야 해'라는 암시를 주더니, 이제는 노골적으로 '너의 길은 이 길이 아니야'라고 단언하는 것이다. 여기서 나르치스는 결정적인 화살을 날린다. 넌 너의 어린 시절을 잃어버렸다고. 네 삶에는 뭔가 커다란 공백이 있다고. 그게 뭔지는 나도 알 수 없지만, 언젠가 스스로 기억해낼 거라고. 골드문트는 화살에 맞은 것처럼 움찔한다. 끔찍한 통증과 함께, 자기 인생의 치명적인 미스터리를 깨달은 것이다.

너 같은 기질의 사람들, 그러니까 강렬하고도 섬세한 감성을 지녀서 영혼으로 느낄 줄 아는 몽상가나 시인들, 혹은 사랑에 빠진 사람들은 우리 같은 정신적 인간보다는 거의 예외 없이 더 우월한 존재라고 할 수 있지. 그런 사람들은 말하자면 모성의 풍요로움을 타고난 존재들이야. 그들의 삶은 충만해 있고, 사랑의 힘과 체험의 능력을 부여받은 존재들이지. 그 반면 우리 같은 정신적 인간들은 너 같은 사람들을 곧잘 이끌어가고 다스리는 것처럼 보이지만 실은 충만된 삶을 전혀 모르고 메마른 삶을 살게 마련이야. 과일의 단물처럼 넘쳐흐르는 삶의 풍요로움, 사랑의 정원과 예술의 땅은 바로 너희들의 것이지. 너희들의 고향이 대지라면 우리네의 고향은 이념이야. 너희들이 감각의 세계에 익사할 위험이 있다면 우리는 진공상태의 대기에서 질식할 위험에 처해 있지. (74쪽)

너는 예술가고 나는 사상가야

융은 상담 치료의 중요성을 이야기하면서도 그것을 절대화하지 않는다. 모든 환자에게 적합한 절대적인 이론은 없다는 것, 나아가 환자를 '도움이 필요한 수동적인 대상'으로만 보지 말 것을 당부했다. 자신을 '아픈 사람'으로 대하기보다는 '정상적인 사람'으로 대하는 융에게 처음에는 환자들이 실망했다고 한다. 하

픽토르의 변신(Piktors Verwandlungen, 1922)

지만 융은 환자를 침대에 누워 의사의 처치만을 기다리고 있는 무력한 대상으로 보는 것은 치료에 전혀 도움이 되지 않는다고 말한다. 안 그래도 정상적인 삶에서 도망치고 싶어 하는 환자들에게, 병은 삶으로부터의 도피를 위한 훌륭한 구실이 될 수 있다는 것이다. 융은 환자를 최대한 정상적인 인격체로 대우하고, 그와 대등한 입장에서 대화를 나누는 것이 훨씬 효과적인 치유의 방법이라고 조언한다. 나아가 어떤 첨단 의학보다도, 화려한 상담 치료보다도, 가장 효과적인 치유는 환자 스스로의 '체험'임을 일깨운다. 환자가 지금 스스로에게 가장 절실한 체험을 적극적으로 찾아 나설 수 있도록 돕는 것이야말로 의사의 가장 중요한 역할이라는 것이다.

정신과 의사의 도움을 받을 수 없었던 골드문트에게 '체험의 멘토' 역할을 해준 것은 바로 최고의 친구이자 스승인 나르치스였다. 어떻게 하면 고통받는 마음을 구제하는 체험을 하도록 도울 수 있을까. 나르치스는 골드문트와 나이 차이도 얼마 나지 않았고 아직 '사제복'을 입은 상태도 아니었지만, 골드문트에게 절실한 체험이 무엇인지를 직관적으로 깨달았다. 그리하여 골드문트의 '마음의 눈'을 뜨게 만들 수 있는 좀 더 강력한 처방을 찾는다. 나르치스는 골드문트에게 거침없이 날카로운 질문을 날린다. 가혹한 어투로 '너는 이곳에 속하지 않는다'는 메시지를 전한다. 심약한 골드문트는 나르치스가 날리는 예리한 충고에 상처를 받고 정신착란을 느끼며 쓰러져버리기도 한다.

　그 아픈 과정을 통해 골드문트는 비로소 자기 안에 해결되지 않은 무의식의 상처가 있음을 깨닫게 된다. 그것은 바로 '어머니의 존재'를 향한 아버지의 억압이었다. 무희 출신이었던 어머니는 독선적이고 억압적인 아버지의 성정을 견디지 못해 떠나버렸고, 골드문트의 가슴속에는 어머니를 향한 애틋한 감정이 억압되어 있었던 것이다. 쾌락을 철저히 금하는 금욕의 수행공동체로 아들을 밀어 넣은 아버지의 마음속에는 '자유로운 방랑의 길'을 선택하고 가족을 떠나버린 어머니에 대한 증오가 깔려 있었던 것이다.

　나르치스의 뼈아픈 충고 이후 기절해 오래 앓을 정도로 고통을 겪은 골드문트는 '운명의 부름'을 조금씩 깨닫는다. 훌륭한 사제가 되는 것만이 자신의 진정한 목표가 아님을, 그것은 아버지가 주입한 외부의 사명이었음을 깨닫는다. 그에게 억압되어 있었던 어린 시절의 기억, 금지되어 있었던 어머니의 기억을 일깨워준 것도 나르치스였다. 그 고통스러운 체험이야말로 어떤 책의 금과옥조보다도, 어떤 스승의 위대한 가르침보다도 골드문트에게는 결정적인 치유의 시작이었다.

　어머니가 부르는 소리를 들었어. 그녀는 어머니가 보낸 전령이었다구. 내 가슴에 피어난 꿈처럼 갑자기 낯모르는 아름다운 여인이 다가온 거야. 그녀는 내 머리를 품에 안고 있었지. 나에게 꽃다운 미소를 지어 보였고, 나를 사랑해주었지. 첫 입맞춤에 나는 금방 몸속이 녹아내리는 듯한 야릇한 통증을 느꼈지. 이제껏 느껴온 모든 그리움과 꿈, 내 속에 잠자고 있던 온갖 달콤한 불안과 비밀이 깨어나서 모든 것이 변모하고 마치 마술에 걸린 것처럼 새로운 의미를 갖게 되었지. 그녀는 여성이란 어떤 존재이며 어떤 비밀을 간직한 존재인가를 나에게 가르쳐주었어. 그녀 덕분에 나는 불과 반시간 사이에 나이를 몇 살은 더 먹은 셈이야. 이제 나는 많은 것을 알게 되었어. 이제 이 수도원에 단 하루도 더 머무를 이유가 없다는 것도 불현듯 알게 되었지. 어두워지는 대로 떠날 거야.(126쪽)

상처받는 것이 두려워 세상을 향한 문을 닫아버리고 싶은 때가 있다. 버림받는다는 것, 완전히 혼자가 된다는 것은 누구나 견디기 힘든 고통이다. 하지만 수많은 철학자들과 예술가들은 서로 약속이라도 한 듯 입을 모은다. 가장 절실한 깨달음을 얻기 위해서는 감당할 수 없는 고통의 늪을 건너야만 한다고. 융 또한 그런 사람이었다. 그는 이렇게 말한다. 우리가 도움을 주는 힘을 체험할 수 있는 것은 오직 버림받았을 때, 또는 가장 심각한 외로움의 상태에 있을 때뿐이라고. 가장 두려운 순간, 가장 끔찍할 것이라고 믿었던 순간에 생각지도 못한 소중한 깨달음을 얻는 경우가 있다. 융은 가장 어두운 곳에서 오히려 가장 빛나는 영적 에너지를 발견해내는 현상을 '에난치오드로미(Enantiodromie)'라고 불렀다. 에난치오드로미. 그것은 반대 극으로의 역전을 뜻하는데, 융은 이렇듯 극과 극이 서로를 향해 끌리는 것이야말로 위대한 생명의 법칙이라 말한다. 지성의 길을 추구하는 나르치스가 예술가 기질이 다분한 골드문트에게 끌리고, 열정과 낭만이 없이는 한시도 견딜 수 없는 골드문트가 절제와 고행을 천직으로 삼은 나르치스에게 이끌리는 것. '서로 반대되는 대극(對極)의 본질적 통합'을 향해 걸어가려는 무의식의 대장정이 시작되는 장면이다.

'이 길을 반드시 가고 싶은데, 이 길로 가면 내 삶이 완전히 무너져 내릴 것 같다'는 두려움. '이 사람을 분명 사랑하는데, 이 사람과 사랑에 빠지면 최악의 수렁에 빠질 것 같다'는 두려움. 서로 대립되는 욕망이 우리 안에서 정확히 같은 힘으로 투쟁할 때, 이런 느낌이 바로 '대극'을 향한 인간의 본능적인 공포를 잘 드러낸다. 영혼의 성숙은 바로 이런 끔찍한 역설을 피하지 않고 자기 삶의 일부로 기꺼이 받아들이는 데서 출발한다. 가장 공존하기 어려운 극단적인 욕망을 결합시킬 때, 서로 양립할 수 없는 인격의 적대적인 양극을 결합시킬 때, 오히려 마음의 내란은 극복될 수 있다. 에난치오드로미는 '모든 것은 언젠가 그 반대편의 극으로 돌아간다'는 헤라클레이토스의 철학적 개념을 융이 심리학의 개념으로 전환시킨 것이다. 자신이 지금까지 걸어온 삶과 정반대되는 삶에 미친 듯이 이끌리는 것. 예컨대 격렬한 반기독교론을 펼치던 사도 바울이 어느 날 갑자기 신의 환상과 대면하고 신 앞에 무릎을 꿇는 일 같은 것, '결코 내 이상형이 아니다'라고 생각했던 사람에게 미친 듯이 빠져드는 불가해한 사랑 같은 것이다.

나르치스는 골드문트를 향해 끌리는 자신의 마음이 '위험하다'고 느낀다. 골드문트의 존재 자체가 지금껏 한 번도 겪어보지 못한 강력한 유혹이었다. 수도원이 요구하는 규율보다 더 엄격하게 자기를 단련해왔던 나르치스는 골드문트의 일거수일투족을 향해 눈길을 뗄 수 없는 자신을 발견하며 소스라친다. 골드문트는 나르치스를 향해 자석처럼 이끌리는 마음을 굳이 감추려 하지 않는다. 어떤 감정을 향해 굳이 이름표를 달지 않는 골드문트의 순수함은 사람을 향한 이끌림에 '울타리'를 치지 않는다. 규율과 통제, 질서와 조화, 지식과 관찰을 소명으로 삼아온 나르치스는 자신의 진정한 결핍을 온몸으로 표현하는, 살아 있는 예술 작품 같은 골드문트에게 이끌리지 않을 수 없다. 나르치스는 골드문트에게 돌이킬 수 없는 상처를 주더라도, 어울리지 않는 꿈을 꾸고 있는 골드문트의 '잠든 의식'을 깨우려 한다. 골드문트는 무의식 속에 자신도 모르게 꿈틀거리고 있는 예술의 열정, 사랑의 불꽃을 아직 깨닫지 못하고 있었다. 골드문트는 나르치스의 날선 언어, 뼈아픈 질책을 통해 비로소 자신의 거대한 무의식의 보물 창고에 들어가는 첫 번째 열쇠를 얻게 된다. 그것은 바로 잃어버린 어머니의 기억이었고, 아름다운 집시 여인 리제와의 첫사랑이었다.

여자와 사랑은 얄궂다는 생각이 들었다. 여자와 사랑은 사실 그 어떤 말도 필요로 하지 않았다. 여자는 단 한마디로 그에게 밀회의 장소를 지정해주었고 다른 모든 것은 말로 하지 않았다. 그럼 대체 무엇으로 말한 것일까? 그래, 눈으로 말했다. 그리고 다소 쉰 목소리에 깃들인 모종의 울림으로, 어쩌면 향기인지도 모를 그 무엇으로 말했다. 살결에서 은근히 풍겨오는 그 부드러운 향기는 여자와 남자가 서로를 원할 때면 금방 알아차릴 수 있는 그 무엇이었다. 얼마나 섬세한 비밀의 언어인가! (……) 그것은 죄악이었다. 간통이었다. 얼마 전까지만 해도 그는 이런 죄를 짓느니 차라리 스스로 목숨을 끊었을 것이다. 그런데 지금은 벌써 두 번째 여자를 기다리고 있지 않은가. (……) 그것은 죄를 저질러서 생기는 죄책감이 아니라 이미 세상에 태어나면서부터 생겨난 그런 죄책감이었다. 신학에서 원죄라고 일컫는 것이 어쩌면 바로 이런 것일까? 그럴지도 몰랐다. 사실 삶 자체는 죄악 비슷한 것에 길들여 있는 것이다. 그렇지 않다면 나르치스처럼 너무나 순수하고 높은 식견을 가진 사람이 어째서 마치 죄인처

럼 참회를 해야 한단 말인가?(153~154쪽)

만다라와 같은 시각적 상징들, 부처, 예수, 어린이, 어머니 등을 꿈속에서 만난 적이 있는가. 현실의 인물이라기보다는 '우리 안의 신화'를 상징하는 것 같은 이런 모델 같은 인물들을 융은 '자기 원형'이라 부른다. 자기 원형이란 그 사람으로 하여금 '고유의 자신'이 되게 하는 무의식 안의 근원적 가능성이다. 요컨대 '나'라고 불리는 전체 신화의 밑그림이 바로 자기 원형인 것이다. 헤르만 헤세의 작품들 속에 등장하는 수많은 이상적 여성상들, 종교적 색채가 강한 인물들이야말로 이런 자기 원형의 전형적인 사례다. 가장 나다운 그 무엇을 실현하기 위해 필요한 무의식의 자아. 이것과 만나기 위해서는 의식이 무의식을 향해 끊임없이 귀를 기울여야 하고 때로는 잠든 것처럼 보이는 무의식을 향해 말 걸기를 시도해야 한다. 의식의 일방성으로 인해 무의식의 목소리가 억압되지 않도록. '나는 할 수 있다'는 의식의 자기최면 때문에 '나는 할 수 있음에도 불구하고 하기 싫다'는 무의식의 솔직한 목소리가 억압되지 않도록.

골드문트에게서 잃어버린 어머니의 기억을 되찾아준 나르치스의 독설은 처음에는 '트라우마'로 다가오지만 나중에는 '자기 원형'을 발견하는 결정적인 계기가 된다. 어머니를 '부도덕한 행실', '가문의 수치', '사랑의 배신자'로 생각하는 아버지의 원한

이 어머니를 향해 어쩔 수 없이 이끌리는 골드문트의 자기 원형에 대한 노스탤지어를 억압해왔던 것이다. 비로소 되찾은 어머니의 기억은 아버지의 '주입식 교육'과 달리 너무도 따뜻하고, 열정적이며, 사랑스럽다. 어떤 '그늘'이나 '독성'도 없는, 그저 자유로운 어머니의 영혼 자체를 골드문트의 무의식은 잊지 않고 있었던 것이다. 사랑과 자유와 창조를 향해 거침없이 달려갈 줄 아는 어머니의 성정이야말로 골드문트가 아버지에게서는 받을 수 없었던 위대한 유산이었으며, 진정한 개성화의 첫걸음이 된다.

수많은 여성과의 열정적인 만남은 골드문트의 무의식 깊숙한 곳에서 잠자고 있던 자기 원형과의 만남이기도 했다. 리제와의 첫날밤을 통해서는 여인의 사랑과 육체에 대한 첫 번째 깨달음을 얻었고, 유리걸식하며 만난 수많은 아낙네들을 통해서는 '사랑'이 아닐지라도 '관능' 그 자체로 대화하는 여성의 뜨거운 생명력을 배운다. 아름다운 자매 뤼디아와 율리에를 통해서는 '애틋한 사랑'과 '단순한 관능'의 명확한 차이를 깨닫는다. 뤼디아는 골드문트를 단지 하룻밤 상대가 아닌 진정한 소울메이트로 갈구한다. 하지만 골드문트가 결코 한곳에 머물러 살 수 없는 사내임을 그녀는 본능적으로 알아챈다.

때로는 굴복하고, 때로는 저항하고,
때로는 사랑을 주며

사랑하지만 희망은 없었다. 허락을 얻어 길게 지속될 행복의 가망도 없었고, 지금까지 익히 그래왔듯이 가볍게 욕망을 충족시킬 가망도 없었다. (……) 이 사랑에 동반되는 어두우면서도 아름다운 비애, 그 어리석음과 절망조차도 놀라웠다. 온갖 상념으로 잠 못 이루는 밤들이 아름다웠다. (……) 그렇다고 이전보다 더 지혜로워진 것은 아니지만 더 노련해졌으며, 그의 영혼이 더 행복해진 것은 아니지만 훨씬 더 성숙하고 풍요로워졌다는 것이 느껴졌다. 이제 그는 소년이 아니었다.(190~191쪽)

융은 '그림자'의 존재에 겁먹지 말 것을 주문한다. 융의 제자인 M. L. 폰 프란츠(Marie-Louise von Franz)도 『인간과 상징(Man And His Symbols)』에서 그림자를 친구로 만든다면 그림자는 우리를 해치지 않을 것이라고 조언한다. "그림자가 우리의 친구가 될 것이냐 적이 될 것이냐는 대체로 우리 자신에게 달려 있다." "그림자는 우리가 그것을 무시하거나 오해할 때만 적대적이 된다." 그림자는 우리가 때로는 굴복하고, 때로는 저항하고, 때로는 사랑을 주며 함께 살아가야 할 여느 사람들과 똑같다. 말하자면 그림자를 바이러스처럼 '퇴치'할 것이 아니라, 그림자와 함께 대화하고, 친구가 되고, 소통함으로써 그림자의 어두운 힘을 밝은 쪽으로 끌어낼 수 있다는 것이다.

에고가 기꺼이 자아의 메시지에 귀를 기울이냐 아니냐에 따라 우리의 개성화 과정은 전혀 달라진다. 래브라도 반도의 숲에 살고 있던 나스카피 인디언들은 자신의 내적 중심을 매우 순수하고 때 묻지 않은 형태로 깨닫고 있었다고 한다. 나스카피 사냥꾼들은 평생에 걸친 고독 속에서 자신의 내적인 목소리와 무의식적 계시에 의존해야 한다. 그들은 종교적 지도자도, 축제도, 정해진 관습도 없이 오직 '내 안의 목소리를 듣는 법'에만 기대 인생의 모든 통과의례를 견뎌내야 했다. 그들은 자기 안에 '내면의 동반자'가 있다는 것을 깨달은 사람들이었다. 그들은 이 영혼의 동반자를 '미스타페오'라 불렀다. 미스타페오는 저마다의 심장에 살며 불멸의 존재로서 마치 수호천사처럼 우리의 영혼을 이끌어준다.

우리 내부에 타고난 '위대한 사람'은 그 존재를 무시하는 사람보다 그를 수용하는 사람 안에서 훨씬 현실적인 형태를 띤다고 한다. 자기 안에 영혼의 동반자, 위대한 현자가 이미 존재한다는 것을 믿고 의식하려는 사람일수록 진정한 개성화에 도달할 수 있는 길을 알게 된다. 예컨대 나에게 예술적 재능이 있는데도 내 에고가 그것을 전혀 의식하지 못한다면, 그 재능에는 아무런 '사건'도 일어나지 않을 것이다. 의식과 통합되지 않으면 그 잠재적 재능은 존재하지 않는 것이나 다름없다는 말이다. 우리의 에고가 스스로의 재능을 알아차릴 때에만 우리는 그것을 살아 꿈틀대는 '현실'로 만들 수 있다. 나르치스를 떠난 뒤 홀로 방랑의 길에 오른 골드문트가 이제 진정으로 대화할 수 있는 상대는 자기 안의 '위대한 사람'뿐이다. 그는 위기에 빠질 때마다, 인생의 고비를 맞을 때마다, 자기 안의 '영혼의 동반자'와 대화를 나누며 깊어지고, 넓어지고, 풍요로워진다.

> 출산을 구경하기는 난생처음이었다. 그는 놀라움에 눈을 번쩍 뜨고 산모의 얼굴을 정신없이 바라보고 있었다. 한 가지 새로운 체험만큼 갑자기 더 풍요로워진 느낌이었다. 적어도 여기 산모의 얼굴에서 감지한 그 무엇은 대단히 주목할 만한 것이라 여겨졌다. (……) 신음하고 있는 여인의 찡그린 얼굴에 나타난 여러 갈래의 표정은 그가 사랑의 절정에 도달한 순간에 다른 여자들의 얼굴에서 보았던 그것과 거의 구별되지 않았던 것이다! (……) 고통과 쾌락이 마치 자매지간처럼 서로 비슷할 수 있다는 깨달음이 놀라웠던 것이다. (205~206쪽)

우리는 살아가면서 개인의 의식을 뛰어넘는, 알 수 없는 힘이 존재한다는 것을 느낀다. 눈으로 확인할 수 있는 것은 개인의 행동뿐이지만, 그 개인의 행동에 결정적인 영향을 미치는 것은 보이지 않는 힘들의 주고받음이다. 칼 융은 개인 위에 있는 어떤 힘이 창조적이고 적극적인 방식으로 우리 삶에 개입하는 순간의 중요성을 강조한다. M. L. 폰 프란츠는 『인간과 상징』에서 '무의식'이 '의식'을 향해 눈길을 보내는 순간의 신비를 이렇게 묘사한다. 사람들은 때때로 무의식이 비밀스러운 구도에 따라 자신을 이끌어나간다는 느낌을 받는다고. 마치 나는 보지 못하는데 나를 보고 있는 뭔가가 있는 것 같을 때, 그 순간이 바로 영혼의 성장을 향한 내적 충동이 눈을 뜰 때다. 이럴 때 무의식의 메시지를 감지하고 그것을 영혼의 성장을 위한 에너지로 바꾸는 것이 바로 '에고'의 적극성이다. 에고는 이 영혼의 성장을 향한 내적 충동에 주의 깊게 귀를 기울이고, 어떤 목적이나 방향도 강요하지 않은 채, 자신의 내적 충동 자체에 몰두해야 한다.

사람들을 '외적인 성취'로만 평가한다면, 우리는 결코 이 무의식의 실현 과정을 이해할 수 없다. 사회적으로 눈에 띄는 성취를 이루지는 않았지만, 볼수록 마음이 편안해지고 계속 함께 있고 싶은 사람들이 있다. 평생 주부로만 살아온 평범한 할머니에게서도 우리는 위대한 현자의 영혼을 만날 수 있다. '무의식과 의식의 통합'은 책을 많이 읽거나 직업에 매진하는 것 같은 의식적 활동만으로 가능한 것이 아니다. 외적으로 훌륭해 보이는 어떤 위대한 인물이 된다고 해서 이룰 수 있는 것도 아니다. 남의 눈에 띄지 않는 자리에서도 자신을 향한 운명의 부름을 이행하는 것이 가장 위대한 성취임을 아는 것, 시험에 합격하거나 돈을 많이 벌거나 원하는 직업을 얻는 것이 아니라 '정말 그런 것들이 내가 원하는 것인가'를 통렬하게 질문하는 것이야말로 무의식의 뜨거운 메시지에 귀를 기울이는 에고의 성찰이다.

골드문트는 수년 동안 방랑을 계속하며 자신을 향한 무의식의 메시지에 귀를 기울이는 법을 통달한다. 그가 겪은 가장 충격적인 사건 중 하나는, 바로 사람을 죽인 일이었다. '힘들지 않게 방랑하는 법'을 알려주겠다는 식으로 골드문트에게 접근해 뤼디아가 선물한 소중한 금화를 도둑질하려 했던 빅토르. 빅토르는 골드문트를 죽여서라도 그 금화를 빼앗아가려 하고, '그녀가 나에게 준 유일한 선물'을 빼앗기지 않으려고 사투를 벌이던 골드문트는 실수로 빅토르를 죽이고 만다. 골드문트의 에고는 돌이킬 수 없는 치명상을 입는다. 자신의 영혼 어딘가에 살인의 충동이 있었는지 도무지 이해할 수 없다. 그는 무작정 도망친다. 골드문트는 이제 누구의 도움도 받을 수 없는 상황에, 생존 자체가 위협받는 극한상황에 처한다. 그 절대 고독의 상황에서, 숨을 쉬고 잠을 자고 먹을 것을 얻는 최소한의 욕구조차 해결할 수 없는 상황에서, 그는 비로소 자신의 진정한 에고에 눈을 뜬다. 그가 대화하고 싶은 가장 그리운 대상은 바로 나르치스였다. 지금은 만날 수 없는 나르치스에게 끊임없이 말을 걸며, 골드문트는 누구와도 공유할 수 없는 무의식의 존재를 깨닫게 된다.

이제 그가 말을 거는 대상은 나르치스였다. 그는 나르치스에게 새로운 생각과 지혜와 농담을 전해주었다. "나르치스, 두렵니?" 그는 나르치스에게 말을 걸었다.

"무섭니? 뭔가를 알아냈어? 그래, 이봐, 세상은 죽음으로 가득 차 있어. 온통 죽음뿐이야. 울타리마다 죽음이 걸터앉아 있고, 나무마다 그 뒤엔 죽음이 도사리고 있지. 그러니 너희들이 담장을 쌓아올리고, 기숙사와 예배당과 교회를 지어도 아무 소용 없다구. 죽음은 창문 안쪽을 훤히 들여다보면서 웃고 있지. 죽음은 너희들 한 사람 한 사람을 모두 알고 있어. (……) 어디, 찬송가를 부르고, 제단에 예쁜 촛불을 켜두고, 저녁 예배와 기도를 드리고, 실험실에 들꽃을 모아두고, 도서실에 책을 모아보라구!(218~219쪽)

진정한 나다움의 실체를 깨닫는 것, 그것이 개성화라면, 개성화의 절정은 자기 안에 잠자고 있는 불가해한 힘을 깨닫는 것이다. 내가 가지고 있는 줄도 몰랐던 엄청난 힘의 존재를 깨닫는 일. 그리하여 누구도 함부로 나를 상처 주거나 내 영혼을 파괴할 수 없다는 사실을 진정으로 깨닫는 일. 그 깨달음의 순간 개성화의 과정은 최고의 클라이맥스를 맞는다. 자기 안의 엄청난 힘을 깨달으면 어떻게, 어디에, 무엇을 위해 써야 할지를 고민하게 된다. 힘의 존재를 깨닫는 것만으로 개성화가 완성될 수는 없다.

알보가시오(Albogasio. 1925)

그 무의식의 놀라운 힘은 무서운 독재자나 기상천외한 사기꾼을 만들 수도 있고, 위대한 예술가나 지혜로운 철학자를 만들 수도 있다. 무의식이 지닌 힘의 세기보다 중요한 것은 이 힘을 진정 어디에 쓸지를 결정할 수 있는 지혜와 통찰이다.

골드문트는 불의의 사고로 사람을 죽이고 난 후, 어딘지도 알 수 없는 황야를 미친 듯이 헤매는 과정에서 '자기 안의 힘'을 깨닫는다. 죄책감 때문에 죽을 것만 같은 시간을 지나, 정작 실제로 죽을지도 모른다는 상황에 처하자 골드문트는 온 힘을 다해 '살고 싶어 하는 자신'의 무의식과 만난다. '차라리 죽고 싶다'는 의식의 목소리는, '어떤 일이 있어도 나는 반드시 살아남을 것이다'라는, 안간힘을 다하는 무의식의 목소리가 아니었을까. '살고 싶다'는 단순명료하고도 강력한 무의식의 목소리가 골드문트의 잠재력을 폭발시킨다. 살인적인 추위와 배고픔, 이 세상 어디에도 속할 수 없다는 절망감. 그 모든 극단적인 상황으로 인해 골드문트는 비로소 자신의 놀라운 힘을 발견한다. 그는 부모보다도 자신에게 더 큰 깨달음을 준 사람, 이 세상 누구보다도 자신이 의지하던 나르치스를 생각하며 고통을 견딘다. 그러나 그 견딤은 이전의 것과 전혀 다른 것이었다. 그는 이제 나르치스를 '기댈 곳'으로 생각하는 것이 아니라 '나와 다른 세상에 사는 사람'으로 인정하기 시작한다. 나르치스를 '기대어 울 수 있는 어깨'가 아니라, 똑같은 힘으로 맞서고 있는 '내 안의 또 다른 나'로서, 영혼의 파트너로서 인정하게 된 것이다.

골드문트는 자신이 지금 견디고 있는 방랑의 고통이 나르치스는 결코 경험할 수 없는 또 다른 세계임을 깨닫는다. 나르치스에 대한 우월감이 아니라 '너와 나의 다름'을 투명하게 인정하기 시작한 것이다. 그리고 '수도사는 나의 사명이 아니다'라는 깨달음에서 시작된 목적 없는 여행을 뛰어넘어, 이제는 '내가 가야 할 길이 무엇인가'를 긍정적으로 고민하는 단계로 접어든다. '아니오, 그건 싫어요!'가 아니라 '네, 바로 그것을 제가 지금 하겠습니다!'라고 대답하고 싶은, 자기 운명의 부름을 찾게 된 것이다. 골드문트는 자신이 늘 '아름다움'에 매혹되었다는 사실을 깨닫는다. 예전처럼 아름다움을 감상하고 관찰만 하는 것이 아니라, 아름다움에 직접 참여하고 싶은 강렬한 열망, 아름다움 자체를 창조하고 싶은 엄청난 목마름을 느끼게 된다. 그는 자연의 아름다움과 신의 따스함과 사랑의 뜨거움을 표현할 수 있는, 진정한 예술가가 되고 싶어 하는 자기 안의 잠재된 '힘'을 깨달은 것이다.

고해, 마음의 귀를 여는……

예술가이자 장인인 니클라우스와의 만남은 골드문트에게 새로운 전환점이 된다. 수도원에서 신학을 배운 것은 의무감에서 시작된 일이었지만, 니클라우스에게 가르침을 받은 것은 골드문트 스스로의 자발적인 열정에서 비롯된 일이었다. 그는 니클라우스의 작품에 매혹되었고, 니클라우스가 지닌 모든 예술적 기교를 착실히 배움으로써 자기만의 작품 세계를 창조할 수 있게 된다.

스위스 융 연구소의 소장을 지냈던 융 학파의 대가 제임스 힐먼(James Hillman)에 따르면, 인간의 육체는 부모의 유전자를 반반씩 물려받지만 정신은 엄마와 아빠의 기계적인 결합이 아니라고 한다. 즉 아이의 정신은 '엄마의 유전자'와 '아빠의 유전자'를 반반씩 물려받는 것이 아니라 그 아이만의 고유한 '자기 운명의 유전자'를 타고난다는 것이다. 이것을 옛 사람들은 다이몬이라고도 하고, 운명의 부름이라고도 했다. 아이에게 '넌 왜 아빠를 닮지 않았니?', '엄마를 닮았으면 공부를 잘했을 텐데'라는 식으로 말하는 것은 아이의 성장을 가로막는 치명적인 덫인 셈이다. 모든 아이에게는 자신의 인생을 개척할 '운명의 도토리'가 잠재되어 있으며 부모의 역할은 '더 좋은 유전자'를 물려주는 것이 아니라 '아이만이 가진 운명의 도토리'가 잘 자랄 수 있도록 용기를 북돋아주는 것이 아닐까. 어머니의 사랑도, 아버지의 인정도 받지 못했던 골드문트는 환경만으로 본다면 고아나 마찬가지였지만, 스스로 운명을 개척한다. 그는 나르치스라는 최고의 스승이자 지음(知音)을 만나고, 니클라우스라는 훌륭한 멘토를 만나 자기 운명을 스스로 뿌리내리기 시작한다.

　사람들은 끊임없이 성장을 꿈꾼다. 그러나 그 성장이 외적 성장에 치우쳐 있기 때문에 아무리 성공을 해도, 아무리 돈을 많이 벌어도, 영혼의 갈증은 오히려 심각해지는 경우가 많다. 융은 그런 현대인에게 가장 필요한 것이 바로 '자기 지식'이라고 했고, 힐먼은 '하향 성장'이라고 했다. 자신의 무의식에 대한 깊은 이해가 '자기 지식'이라면, 외적인 성장만이 아니라 내면의 성장을 추구하는 것이 바로 '하향 성장'이다. 자기의 무의식에 대한 지식을 가지고 끝없이 하향 성장을 추구할 때, 진정한 개성화도 가능해진다. 자기 지식은 '나에게는 내가 깨닫지 못하는 숨은 무의식이 있다'는 것을 인정하는 행위에서 시작된다. 하향 성장은 더 많이, 더 빨리, 더 눈에 확 띄는 쪽으로 자라려는 외적 성장의 욕망을 절제하는 태도에서 시작되는 것이 아닐까. 이러한 자기 지식이 실현되는 극적인 사례로는 사도 바울이 다마스쿠스에서 체험한 기적적인 개종을 들 수 있다. 평소의 자신과는 전혀 반대되는 사상이나 예술 작품에 강력한 자극을 받고, 인생의 진로 자체를 바꾸는 사람들의 특징은 '그동안 깨닫지 못했던 자신의 숨겨진 무의식'과 만난다는 것이다. 그러한 자기 지식의 실현이 지연되는 까닭은, 여러 가지 재능이나 열망이 주변 환경에 억압되기 때문이기도 하고, 자신의 진정한 운명을 자각하는 것을 지나치게 두려워하거나 끝없이 미루기 때문이기도 하다. 나르치스는 골드문트의 자기 지식을 일깨워준 스승이었고, 니클라우스는 골드문트의 하향 성장을 결정적으로 도와준 멘토였다.

> 너는 예술가고 나는 사상가야. 네가 어머니의 품에 잠들어 있다면 나는 황야에서 깨어 있는 셈이지. 나에겐 태양이 비치지만 너에겐 달과 별이 비치고, 네가 소녀를 그리워한다면 나는 소년을 그리워해…….(74쪽)

융은 현대인의 불행의 원인으로 '감성과 지성의 불일치'를 든다. 아는 만큼 느끼고 느낀 만큼 행하는 것이 인간의 이상이라면, 감성과 지성과 행동의 일치가 가능한 사람이야말로 아름다운 인격을 지닌 사람일 것이다. 감성과 지성, 그 어쩔 수 없는 불일치를 스스로 깨닫고, 자신의 결핍을 채우려는 노력이야말로 인간을 인간답게 만드는 힘일 것이다. 나르치스의 탁월함은 자신의 결핍을 아주 어린 시절부터 깨달았다는 것이다. 모두가 그를 총명하다고, 천재적이라고 칭찬하지만, 그는 자신의 결핍을 정확히 인식하고 있었다. 지성의 과잉, 감성의 결핍. 무언가를 알고 분석하고 비판하는 데는 능하지만, 사랑을 느끼고 아름다움을 즐기고 예술을 창조하기에는 부족한 사람이라는 것. 그것이 나르치스 스스로가 분석한 자신의 치명적인 결핍이었다. 그는 골드문트를 처음 본 순간부터 골드문트야말로 자신의 결핍을 채워줄 최고의 벗임을 알아보았다. 그리고 감성이 충만한 골드문트가 엉뚱하게 지성의 추구를 향해 매진하려는 모습을 보면서 안타까워한다. "그토록 섬세하고 풍부한 감각을 지닌 사랑스러운 인간이, 꽃향기와 아침의 태양, 언어와 새들의 비상이나 음악을 즐기고 사랑해야 마땅할 젊은이가 왜 성직자가 되어 고행의 길로 들어서겠다고 고집하는 것인가."

골드문트는 오랜 방랑과 고행 끝에 비로소 자신의 결핍을 깨닫는다. 그는 '어머니'로 상징되는 모든 여성적인 힘과 억지로 결별해왔으며, 여성들에게 사랑과 감성과 배려를 배움으로써 그동안 '아버지의 세계'만으로 통제하려 했던 자신의 잃어버린 반쪽을 깨닫는다. 또한 그는 나르치스를 통해 '감성의 과잉'과 '이성의 결핍'을 화해시켜야 함을 깨닫는다. 함께했던 시간보다 떨어져 있던 시간이 훨씬 많지만, 이미 서로에게 정신적 반려가 된 두 사람은 떨어져 있어도 서로의 존재를 강하게 느낀다. 골드문트는 고행과 수련을 통해 훌륭한 예술가가 되고, 자신에게 결핍된 사상과 논리를 나르치스의 존재를 통해 인식한다. 그토록 복잡했던 여성 편력은 골드문트에게 이제 예술을 위한 영감의 원천이 된다. 그토록 고생스러웠던 방랑은 자연의 아름다움을 작품 속에 투영하는 데 더없이 풍부한 자료의 보물 창고가 된다.

그러나 지성과 감성의 화해만으로 골드문트가 위대한 예술가로 거듭날 수 있는 것은 아니었다. 골드문트는 또 하나의 결정적인 장애물 때문에 괴로워하고 있었다. 그것은 바로 살인의 기억이었다. 융은 『무엇이 개인을 이렇게 만드는가(Gegenwart und Zukunft)』에서 악에 대한 성찰이야말로 자기 인식의 결정적 요소라고 말한다. 반드시 악한 행동을 하지 않더라도, 인간은 '악에 대한 상상'에서 자유로울 수 없다. 그러므로 '그건 내가 하지 않았어'라며 모든 악으로부터 고개를 돌릴 것이 아니라, 인간의 모든 악행에 대해 '그 또한 나의 숨겨진 본성 중 하나'임을 인식할 수 있을 때 진정한 자기 인식이 시작된다. 골드문트에게 필요한 것은 단지 살인의 죄책감에서 탈피하는 것이 아니었다. 중요한 것은 '죄의 망각'이 아니라 '죄를 통해 무엇을 배울 것인가'였다.

미사가 끝나고 수도원 예배당 안이 조용해지자 골드문트는 무릎을 꿇은 채 그대로 있었다. 그의 가슴은 심하게 울렁거렸다. 간밤에는 많은 꿈을 꾸었다. 어떻게든 과거지사를 청산하고 싶었다. 어떻게든 삶을 바꾸어보고 싶었다. 왜 그런지 까닭은 알 수 없었다. (……) 고해성사를 하고 마음을 깨끗이 하고 싶은 충동이 느껴졌다. 수없이 많은 자잘한 죄와 패륜을 고백해야 했다. 하지만 그의 손에 죽은 빅토르의 죽음이 무엇보다 마음을 무겁게 짓눌렀다. 그는 신부님을 찾아갔다. 이런저런 잘못에 대해, 특히 불쌍한 빅토르의 목덜미와 등허리에 칼을 찌른 일에 대해 고백했다. (……) 그런데 고해신부는 떠돌이의 생활을 잘 알고 있는 것 같았다. 그는 놀라지 않고 조용히 귀를 기울였으며, 진지하고도 친절하게 꾸짖고 경고는 했지만 그 어떤 저주도 내릴 생각은 하지 않았다.(231쪽)

어느 누구도 '악의 상상'에서 자유로울 수는 없다. 악을 무조건 회피하는 것이 아니라 '누구나 악을 저지를 수 있다'는 인간의 양면적 본성을 직시하는 마음의 눈. 그것이야말로 성찰적 지성의 시작이 아닐까. 골드문트는 이제 자기 안의 악을 직시하려 한다. 그리고 그것이 절박한 자기방어였다 해도 용서받지 못할 죄임을 인식한다. 아무리 빅토르가 그를 죽이려 했다고 하더라도. 살인의 기억은 골드문트를 끝없이 괴롭히지만, 그는 죄책감으로 자신을 고문하는 데서 그치지 않는다. 이제 나르치스는 물론 그 누구에게도 의지할 수 없는 골드문트의 고독한 영혼이 진정으로 해방되는 길도, 바로 그 죄를 투명하게 인식하는 것이었다. 기나긴 방랑 끝에 우연히 발견한 어느 교회 안의 조각상을 보며, 골드문트는 '이제 그만 다른 사람이 되고 싶다'는 열망으로 뜨거워진다. 방랑을 청산하고, 여성 편력에도 종말을 고하고, 진정 자신의 영혼을 고양시키는 일에 투신하고 싶은 열망. 그것은 바로 예술을 향한 열정이었다.

골드문트는 니클라우스가 빚어낸 성모마리아 조각상을 보며 자신도 모르게 '모든 죄를 털어놓고 싶은 마음'을 느낀다. 그가 성모마리아의 조각상을 보며 느낀 아름다움은 리제를 비롯한 수많은 여인들을 통해 발견했던 관능적 아름다움이 아니었다. 만지고 싶고, 껴안고 싶고, 키스하고 싶은 아름다움이 아니라, 무릎 꿇고 싶고, 털어놓고 싶고, 가슴에 안겨 흐느끼고 싶은 아름다움이었다. 골드문트에게 성모마리아는 절망에 빠진 영혼의 지친 어깨를 어루만지는 구원의 가능성으로 다가왔다. 골드문트는 이제 자신의 죄를 투명하게 인식한다. 그는 드디어 신부님 앞에서 자신의 모든 죄를 고해하기 시작한다. 고해는 타인의 귀를 빌려 자기 마음의 귀를 여는 행위다. 외부의 음향에만 열려 있던 육체의 귀를 내면의 음성에 귀 기울일 수 있도록 스스로 단련하는 것. 그것이 고해의 심리학적 힘이 아닐까. 골드문트는 신부님께 자신의 모든 죄를 낱낱이 고백함으로써 자기 내면의 목소리를 조용히 듣기 시작한다.

골드문트가 지금까지 돌보지 못했던 '내면의 예술가'는 새로운 자아로의 탄생을 꿈꾸고 있었다. 단지 느끼고 감상하고 동경하는 데서 그치는 것이 아니라 직접 이 세상의 아름다움에 참여하고 싶은 열망. 아름다움의 수동적 감상자가 아니라 아름다움의 주체적 창조자가 되고 싶은 열망. 골드문트는 이제 엄청난 수련을 통해 '예술'의 프리즘으로 구원에 이르는 장대한 여정에 오르게 된다. 그는 오랜 훈련과 번민의 시간을 거쳐 인간의 어두운 내면을 깊이 이해하고 그것을 예술의 감성으로 승화시키는

데 도달한다.

> 진짜 예술 작품은 모두 미소처럼 알다가도 모를 위태로운 양면성을 지니고 있었다. 거기엔 남성적인 것과 여성적인 것, 충동적인 것과 순수한 정신성이 공존했다. 하지만 언젠가 어머니 이브의 상을 형상화하는 데 성공한다면 그것은 이러한 이중성을 무엇보다 잘 드러낼 것이다. 골드문트에게는 예술과 예술가의 존재야말로 자신의 가장 깊은 갈등이 화해할 가능성을 간직하고 있었다.(266쪽)

절망 안의 환희

인간의 본능적인 사악함을 이해한다는 것은 예술가의 창조적 영감에 어떤 영향을 끼칠까. 골드문트의 경우 방랑 생활을 통해 터득한 인간의 어두운 본성에 대한 이해는 궁극적으로 그의 예술 세계를 풍요롭게 하는 결과를 가져왔다. 스스로를 방어하기 위해 살인을 저지른 행위는 끝없는 죄의식의 기원이 되었지만, 어떤 악의도 가지고 있지 않다고 믿었던 자신의 무의식 어딘가에서 솟아나온 뜻밖의 악행은 뼈아픈 깨달음을 준다. 아름답고 사랑스러운 것에만 매혹된다고 믿었던 자신의 해맑은 천성

어딘가에 어두운 욕망이 있었다는 깨달음. 그것은 융이 말한 인간 욕망의 대극, 즉 대립적인 본성의 양면성을 이해하는 것이기도 했다. 사랑의 쾌락을 느끼는 여성의 표정과 출산의 고통을 느끼는 여성의 표정이 같다는 것에서 쾌락과 고통이 동전의 양면처럼 결국 하나임을 깨달은 골드문트. 그는 여성의 표정뿐만 아니라 위대한 예술 작품 또한 저마다 위태로운 양면성을 지니고 있음을 깨닫는다.

> 인간이 이런 짓들을 저질렀다. 나도 한 사람의 인간이다. 인간 본성을 갖고 있는 인간인 것이다. 그러므로 나도 죄의식을 느끼고 있으며, 나의 내면에 그런 짓들을 언제든 다시 저지를 수 있는 능력과 성향이 있다. 법학적으로 말하면, 비록 우리가 종범은 아니었다 할지라도, 우리는 인간의 본성 때문에 언제나 잠재적 범죄자들이다. 다만 비인간적인 난투에 끌려들어갈 적절한 기회를 갖지 않았을 뿐이다.*

융은 『무엇이 개인을 이렇게 만드는가』에서 그 누구도 악에 대한 상상에서 자유로울 수 없다고 힘주어 말한다. 악에 대한 상

---

* 칼 구스타프 융, 『무엇이 개인을 이렇게 만드는가』, 김세영 옮김, 부글북스, 157쪽.

상은 악행과 달리 통제할 수가 없다. 그런데 악에 대한 상상에도 양면성이 있다. 악에 대한 상상은 악을 향한 지름길이기도 하지만, 악을 성찰할 수 있는 기회도 함께 제공하기 때문이다. 우리는 분노에 사로잡혔을 때 복수나 악행을 상상하다가도 그 상상 속의 이미지가 지닌 끔찍함에 진저리 치며 악행을 철회한다. 인간의 사악함을 다룬 수많은 예술 작품을 바라볼 때도 마찬가지다. 나는 잔혹한 학살과 전쟁을 그려낸 피카소나 고야의 그림을 보며 '악의 충동'을 느끼는 것이 아니라 '악으로부터 인간 스스로를 구원해야 한다'는 절실한 필요를 느낀다. 악에 대한 상상은 그 자체로 매혹적인 양면성을 지니고 있는 셈이다. 악에 대한 상상을 '악행을 향한 통로'가 아니라 '인간의 보이지 않는 악의를 통찰하는 힘'으로 사용하는 것이야말로 지성의 힘이다. 골드문트는 이제 악에 대한 상상을 극복함으로써 오히려 선에 대한 굳건한 의지를 다지는 경지에 도달하게 된다. 인간의 양면성을 작품 속에 녹여낸 눈부신 성과가 바로 나르치스를 '요한'의 모델로 형상화한 첫 번째 작품이었다. 그는 나르치스의 실물을 볼 수는 없었지만, 그토록 눈물겹게 그리워하던 나르치스의 모습을 요한으로 형상화함으로써 두 사람의 영혼이 결국 하나의 끈으로 연결되어 있음을 발견한다.

골드문트는 일어서서 친구 나르치스를 바라보았다. 소년 시절 그를 이끌어주었던 친구는 뭔가에 귀를 기울이듯 얼굴을 쳐들고 있었고, 준수한 용모에 그리스도가 아끼는 제자의 복장을 하고 있었다. 이제 막 꽃봉오리처럼 피어날 듯한 미소에는 차분함과 독실함과 외경심이 나타나 있었다. 경건하고 이지적인 아름다운 얼굴, 떠다닐 듯 호리호리한 모습, 우아하고도 경건하게 들어올린 갸름한 손에는 젊음과 내면적인 음악성이 넘쳐흘렀지만, 그러면서도 고통과 죽음의 그늘까지도 모르지 않는 그런 모습이었다. 그러나 절망과 무질서와 거부를 모르는 모습이었다. 이 고귀한 용모 뒤에 감춰진 영혼은 기쁠 때나 슬플 때나 순수하게 조율되어 있었고, 그 어떤 불협화음에도 시달리지 않았다.(269쪽)

모든 것이 잘 끝났는데, 그토록 전력투구해서 이루려 했던 그 무엇이 이제야 끝났는데, 뿌듯하거나 행복한 것이 아니라 한없는 공허감에 빠져들 때가 있다. 이 모든 것이 언젠가는 사라질 것을 알기에. 무언가에 최선을 다한 후에야 느낄 수 있는 뼈아픈 공허감. 그것은 이 모든 벅찬 감정이 언젠가는 사라질 것을, 더욱 명징하게 깨닫는 순간이다. 예술가들은 이런 허무감을 더욱 예민하게 느낀다. 그들은 최고의 작품을 힘겹게 만들어낸 후 다시는 이런 작품을 만들지 못할 것 같은 두려움에 빠진다. 한 세계를 창조했다는 기쁨은 잠시뿐, 기존에는 느껴보지 못한 더 깊은 허무감에 빠진다. 예술가가 되면 행복할 줄 알았는데, 아름다

마을의 덩굴정원(Rebgarten im Dorf, 1922)

운 작품을 만들면 행복할 줄 알았는데, 그것이 전부가 아니었던 것이다.

골드문트가 요한의 상을 만든 후에 느꼈던 공허감도 바로 그런 절망 때문이었다. 최고의 열락을 맛본 후 느끼는 깊은 절망의 나락. 자신이 도달할 수 있는 최고의 경지에 이르렀을 때만 느낄 수 있는 깊은 허무감. 골드문트는 요한의 조각상을 만든 후, 자신의 죄를 더욱 똑바로 바라보게 된다. 그는 질문하기 시작한다. 내가 죽인 빅토르, 그의 시체는 어떻게 되었을까. 인생의 가장 아름다운 순간. 이 순간이 내 인생의 클라이맥스로구나 싶은 순간에 오히려 자신의 죄를 똑바로 바라보게 된 골드문트. 그것은 자신의 어둠과 만나는 시간이기도 했지만 자신의 '전체성'을 향해 첫발을 내딛는 순간이기도 했다. 어둠을 뺀 밝음만이 나다운 것이 아니라, 그 모든 어둠과 죄악과 실수까지 끌어안은 더 커다란 나를 발견하는 순간. 자신이 그토록 열정을 불태웠던 대상을 완성하게 되자, 그에게는 더 이상 니클라우스 같은 직업적인 장인(匠人)이 되고 싶은 열망이 남아 있지 않았다. 그는 장인이라는 직업이 필요했던 것이 아니라 예술의 열정을 끊임없이 불태우기 위한 방랑의 자유가 필요했던 것이다. 니클라우스는 자유를 향한 골드문트의 열정을 이해하지 못한다. 니클라우스는 자신의 제자가 더 훌륭한 장인이 될 수 있는 '재능'만이 중요했기에, 골드문트가 꿈꾸는 '삶'까지 배려하지는 못했던 것이다.

절망의 끝에서 골드문트는 자신이 오랫동안 그리워하던 하나의 얼굴을 떠올린다. 그것은 외부의 자극으로 들어온 이미지가 아니라, 그의 무의식이 끊임없이 갈구하던 이상형이었다. 바로 영원한 어머니 이브의 얼굴이었다. 골드문트는 영원한 어머니상을 떠올리며 비로소 깨닫는다. 이브의 따스한 품 안에서는 가장 혐오스러운 존재, 가장 버리고 싶은 존재, 가장 잊고 싶은 존재, 빅토르처럼 살해당한 존재까지도 조건 없는 사랑의 대상임을. 그는 아름다운 예술 작품의 창조자로서 최고의 기쁨을 누린 후, 그 기쁨에 비례하는 절망과 공허의 밑바닥을 경험한다. 그리고 그 좌절의 심연 속에서 비로소 영원한 어머니의 음성을 듣는다. 모든 것을, 설령 그것이 가장 삼키기 어려운 고통일지라도, 불길이 타오르는 거대한 가시처럼 아프고 뜨거운 진실일지라도, 그것을 끌어안아야 한다고. 그것이 삶이라고. 영원한 어머니 이브의 상징은 바로 이해할 수 없는 모든 것을 '분석'의 대상이 아닌 '사랑'의 대상으로 품어 안는 지혜가 아닐까. 용서할 수 없는 모든 것, 세상에 속할 수 없는 그 모든 것까지 끌어안는 사랑을 생각할 수 있게 된 것. 그것이야말로 예술이라는 창조 행위 자체가 골드문트에게 준 선물이 아니었을까.

이런 생각이 들자 골드문트는 갑자기 어떤 얼굴이 떠올랐다. (……) 그것은 영원한 어머니의 얼굴이었다. (……) 그녀는 인생의 심연 위로 몸을 숙인 채, 미소를 잃고 아름답고도 섬뜩한 시선을 보내고 있었다. (……) 영원한 어머니인 그녀에겐 모든 사물이 동등했다. 그녀의 신비로운 미소는 마치 달처럼 만물을 비추었고, 그녀에겐 우울한 상념에 빠져 있는 골드문트와 마찬가지로 생선 시장의 길바닥에서 죽어가는 잉어 역시 사랑스러운 존재였고, (……) 한때 골드문트의 돈을 훔치려고 안달하다가 지금은 숲에 흩어진 빅토르의 유골 역시 사랑스러운 존재였다.(279쪽)

골드문트는 훌륭한 작품을 만들고 스승을 떠나지만, '그저 방랑이 좋다'는 것 외에는 이렇다 할 대책이 없었다. 뭔가 대책이 있다는 것 자체가 정착민적 사고방식인지도 모른다. 헤르만 헤세는 말한다. 무언가를 소유하면서 정착해 있는 사람에게 방랑자는 적대자라고. 무언가를 소유하면서 정착해 살아가는 사람들은 방랑자를 미워하고 경멸하며 두려워한다고. 방랑자는 생의 덧없음을 상기시킨다. 무언가를 가진다는 것도, 돈과 명예를 위해 애쓴다는 것도, 일상의 온갖 대소사를 관리하는 것도, 모두가 덧없는 것이라는 생각을 일깨운다. 방랑자는 모든 존재의 덧없음을, 생명의 무상성을 온몸으로 체현하는 사람들이다. 모두가 언젠가 흔적도 없이 사라진다는 불편한 진실을 상기시키는 존재. 그런 방랑자들을 정착민들은, 특히 남성들은 달가워하지 않는다. 골드문트는 이런 '방랑자를 향한 적대감'을 어느 마을에서 제대로 느끼게 된다. 이 마을 사람들은 골드문트를 보자마자 다짜고짜 돌팔매질을 하고 온갖 위협과 욕설을 서슴지 않는다. 무슨 일인지 영문을 알 수 없었던 골드문트는 마을을 돌아보다가 온 가족이 흑사병으로 처참하게 죽어 있는 광경을 목도한다.

전염병에 대한 공포와 분노 때문에 사람들은 낯선 방랑자에게 마치 화풀이를 하듯 강한 적대감을 표시했던 것이다. 혹시 낯선 이방인이 전염병을 옮길세라 사람들은 더욱 강한 반감을 보인다. 골드문트는 마을 이곳저곳을 조용히 탐색하다가 자신에게 적대감을 보이지 않는 유일한 처녀 레네를 발견한다. 유혹의 화신 골드문트는 레네를 꾀어내어 방랑을 부추긴다. 언제 전염병에 걸릴지, 언제 죽게 될지, 공포에 휩싸여 살아가는 것보다는 나와 함께 길을 떠나 자유롭게 살아보지 않겠느냐고. 레네는 흔쾌히 골드문트의 유혹에 몸을 맡기고 두 사람은 함께 살림을 차린다. 골드문트로서는 단순한 연애를 넘어 살림을 차려본 것이 처음이었다. 그는 처음으로 정착민에 가까운 삶을 경험하면서 잊고 있던 예술의 열정을 되살려보려 하지만 그 또한 쉽지 않다. 레네가 임신 징후를 보이자 골드문트는 더 심한 스트레스를 받는다. 한 번의 유혹은 유희의 대상이 될 수 있었지만 여자와 함께 산다는 것은 그녀의 삶을 책임져야 한다는 의미임을 깨닫게 된 것이다. 골드문트는 일찍이 이러한 부담감을 겪어본 적이 없었다. 만약 아이가 태어난다면 자유로운 방랑은 물론 예술가로서의 삶마저 위협당할 수밖에 없었다. 극심한 압박감에 시달리던 골드문트가 이 소꿉놀이 같은 정착민 생활을 접어야겠다는 생각을 하던 즈음, 그의 삶을 뒤흔드는 커다란 사건이 일어난다.

괴한이 레네를 겁탈하려는 현장을 목격한 것이다. 비명을 지르며 고통스러워하는 레네를 바라보면서 골드문트는 완전히 이성을 잃어버린다. "골드문트는 펄쩍 내달려갔다. 그의 마음속에 잠복해 있던 짜증과 불안과 슬픔이 낯선 불한당에 대한 걷잡을 수 없는 분노로 폭발했다. 낯선 사내가 레네를 완전히 땅바닥에 뉘려던 참에 골드문트는 사내를 덮쳤다." 골드문트는 미친 듯이 괴한을 후려쳐 레네에게서 떼어놓은 후, 그것도 모자라 그가 더 이상 움직이지 않을 때까지 잔인한 쾌감을 느끼며 목을 조른다. 이미 반쯤은 숨이 넘어간 사내를 골드문트는 계속 괴롭힌다. "골드문트는 사내의 머리를 모서리 진 바위에 두 번 세 번 내리쳤다. 그러고는 목덜미가 부러진 몸뚱어리를 내던졌지만 아직도 분이 가라앉지 않았다."

골드문트는 또 한 명의 사람을 살해한 것이다. 그것은 레네에 대한 사랑 때문만은 아니었다. 괴한의 강간과 폭력에 대한 증오 때문만도 아니었다. 그것은 순수한 악의 충동이었다. 레네는 골드문트가 사람을 죽이는 모습을 전혀 말리지 않고 황홀한 표정으로 자랑스럽게 바라보기까지 한다. 레네의 황홀경도 '내 남자가 악당을 퇴치하는 멋진 모습'에 대한 자부심만이 아니었다. 순수한 악의 충동에서 두 사람은 완전한 일치에 도달한 것이다. 골드문트는 철없는 말괄량이인 줄로만 알았던 레네에게서 도저히 그런 표정이 나올 것이라고는 생각하지 못했다. 잔인하지만, 레네의 그 얼굴은 그가 진정으로 표현하고 싶던 예술의 오브제였다. 순수한 악의 충동에 완전히 몸을 맡긴, 이성 자체가 박탈된 황홀경의 표정. 그것은 예술혼을 잃어버린 채 방황하던 골드문트가 마침내 찾아낸 뮤즈의 얼굴이었다. 돌이킬 수 없는 죄가 탄생하는 순간과 최고의 예술적 영감이 떠오르는 순간이 불행하게도 일치해버린 것이다.

세상 누구에게도 할 수 없었던 가슴 아픈 고백

살아 있는 모든 것은 그러한 이원성과 대립에 바탕을 두고 있는 것처럼 보였다. 그러니까 여자 아니면 남자로 태어나고, 방랑자가 아니면 보통 사람이 되어야 하고, 이성적이지 않으면 감정적으로 되는 것이다. 들숨과 날숨을 동시에 쉰다거나, 남자인 동시에 여자이거나, 자유를 누리면서 질서를 찾거나, 충동대로 살면서 이성을 지킨다거나 하는 것은 어디서도 불가능했다. 그중 어느 한쪽을 택하면 반드시 다른 한쪽을 희생시켜야 하고, 어느 한

쪽에 못지않게 다른 한쪽도 소중하고 갖고 싶은 것이다!(381쪽)

지고의 선만이 아니라 극한의 악까지 표현하고 싶은 것. 인간의 전체성을 이해하고 싶은 것. 헤세와 융은 그 점에서 완전히 통했던 것 같다. 아름답고 화려한 삶만을 살아본 것이 아니라 최악의 상황에도 발을 담근 자, 그리하여 인간의 이중성을 완전히 통합적으로 구현하는 인물이 바로 골드문트가 아닐까. 예술적 영감의 대상을 완전히 잃고 방랑하던 골드문트에게 실로 오랜만에 참혹하지만 너무도 생생한 '뮤즈'가 나타난 것이다. 그것은 인격체로서의 한 여인 레네가 아니라 악의 충동에 순수하게 공감하는 열정적인 쾌락의 얼굴 그 자체였다. 화가들이 메두사나 유디트, 즉 악을 그 자체로 향유하는 인물을 그릴 때 느끼는 감정이 바로 이런 감정이 아닐까. 잠든 홀로페르네스의 목을 자를 때 그 건장한 목에서 흘러나오는 새빨간 핏줄기를 바라보며 유디트가 느꼈던 강렬한 쾌감이 바로 레네의 얼굴과 비슷하지 않았을까.

골드문트는 죽음과 죄악을 이해함으로써 비로소 더욱 예술을 사랑하는 눈을 가지게 된다. 그는 죽어가는 레네를 살릴 수도 없었고, 흑사병으로 죽어가는 사람들을 제대로 도울 수도 없었으며, 무엇보다도 완전히 희망을 잃고 죽음만을 기다리는 사람들의 마음을 돌려세울 수도 없었다. 골드문트는 예술가이기 이

전에 인간으로서 커다란 절망을 느낀다. 인간의 힘으로 도저히 뛰어넘을 수 없는 죽음의 공포 앞에서 그는 좌절한다. 삶에 여한이 없다고 느끼기도 한다. 그러나 그에게 숨길 수 없는 의지, 즉 살아 있음 그 자체를 열망하는 생명에의 의지가 있다는 것을 깨닫는 사건이 일어난다. 아무리 힘든 상황에서도 사랑에 빠지는 일만은 게을리하지 않는 골드문트는 백작의 애첩인 아그네스와 밀회를 나누게 되는데, 그만 백작에게 밀회를 들켜 교수형을 당할 위기에 처한 것이다. 흑사병이 창궐하는 고장을 정처 없이 방랑하며 '삶과 죽음의 희미한 경계' 위에서 살아왔던 골드문트는 비로소 자신이 진정으로 거처하길 원하는 곳이 죽음의 장소가 아니라 삶의 장소임을 깨닫게 된다. 어떤 고난이 밀어닥쳐도 살아남고 싶다고, 살아남아 다시 아름다운 예술 작품을 창조하고 싶다고 생각하는 순간, 그에게 뜻밖의 구원이 찾아온다.

골드문트는 고해성사를 맡은 신부가 감방으로 들어오면 그를 죽여서 옷을 바꿔 입은 후 탈출할 계획을 세워놓고 있었다. 잔뜩 긴장한 채 누군가가 오기를 기다리고 있었던 골드문트에게 생각지도 못했던 사람이 찾아온다. 고해성사를 들어주러 온 신부가 바로 나르치스였던 것이다. 나르치스는 골드문트의 소식을 듣고 그를 구해주러 왔으며, 이제 나르치스가 아니라 요한이라는 이름으로 수도원장을 맡고 있었다. 골드문트는 믿을 수가 없었다. 자신이 나르치스를 생각하며 만들었던 인물의 조각상이 바로 요한이었던 것이다. 둘은 늘 떨어져 있었지만 항상 그렇게 뜻하지 않은 영적 소통의 끈으로 이어져 있는 것만 같았다. 골드문트는 자신의 모든 죄를 낱낱이 털어놓고 나르치스 앞에서 그 옛날의 어린 소년처럼 실컷 흐느껴 운다. 그러나 골드문트는 옛날의 그 순진하고 무력한 소년이 아니었다. 그는 이제 예술이 왜 자신의 운명인지 아프게 깨달은 고행의 방랑자였으며, '지켜줘야 할 어린 영혼'이 아니라 진정한 영혼의 벗으로서 존중할 수 있는 예술가로 거듭나 있었다. 합리적이고 이성적인 로고스적 세계의 대변자인 나르치스, 열정적이고 낭만적인 에로스적 세계의 대변자 골드문트는 그렇게 극적으로 다시 만난다. 영원히 섞일 수 없을 것만 같았던 로고스와 에로스의 합일은 그렇게 성사된 것이다.

"예술이 자네한테 뭘 가져다주고 무슨 의미가 있었는가?"
"무상감을 극복하게 해주었네. 사람들이 벌이는 바보짓과 죽음의 무도 가운데서도 뭔가 오래도록 남는 것이 있다는 것을 깨닫게 되었지. 그게 바로 예술 작품이었어. 예술 작품 역시 언젠가는 사라지겠지. 불타거나 망가지거나 파괴되겠지. 그래도 예술 작품은 인간의 일생보다 훨씬 오래 남고, 덧없는 순간을 넘어 성스러운 형상이 충만한 조용한 왕국을 이룬단 말일세. 그런 작업에 일조하는 것이 나에겐 다행히 위로가 되었던 것 같네. 그것

은 덧없이 사라지는 것에 영원의 생명을 부여하는 것이나 다름 없으니까.(413~414쪽)

이제는 어엿한 수도원장이 된 나르치스의 도움을 받아, 골드문트는 작품 활동에 전념할 수 있게 된다. 골드문트는 나르치스에게 자신의 죄를 낱낱이 고백한다. 그가 겪어온 초인적인 고통이 아무리 크다 하더라도, 그가 저지른 죄를 대속할 수는 없다. 골드문트는 그 극복 불가능한 죄를 인정한다. 그는 고해를 통한 속죄가 아니라 예술을 통한 구원을 꿈꾼다. 그는 혼신의 열정으로 최고의 작품을 만들고, 나르치스는 생을 불사르는 열정으로 만들어진 골드문트의 작품을 바라보며 자신의 인생을 처음부터 다시 돌아본다. 나르치스는 자신이 평생 걸어온 길, 가장 옳다고 믿었던 세계를 의심하고 성찰함으로써 더 나은 깨달음에 이르게 된다. 나르치스의 세계는 순수한 로고스 중심의 세계였다. 나르치스가 고수했던 철저한 로고스 중심의 세계는 삶을 단정한 규칙과 엄격한 제도로 구성하는 것이다. 그러나 인간은 그런 것만으로 살아갈 수는 없다. 누구도 사랑해본 적이 없었던 나르치스에게 치명적으로 결여된 것은 에로스, 즉 삶에 대한 사랑과 열정, 비합리적이지만 삶을 지탱해주는 뭉클한 감정이었다.

로고스가 대상을 절단하고 배제하고 분리하는 힘이라면 에로스는 끊어진 존재와 존재를 이어주는 힘이다. 도저히 한 하늘을 이고 살 것 같지 않은 전혀 다른 존재마저 끝내 이어주는 힘, 그것이 바로 에로스의 권능이다. 나르치스는 골드문트를 통해 자신에게 결여되어 있던 에로스의 힘을 깨닫는다. 골드문트를 오랫동안 멀리서 바라봄으로써, 골드문트의 아름다운 예술 작품을 이해함으로써, 그는 삶에서 에로스가 지니는 거대한 힘을 깨닫게 된다. 융은 남성 심리는 보편적으로 로고스의 원리에 따르고 여성 심리는 에로스의 원리에 따른다고 생각했지만, 그 구분이 절대적인 것은 아니었다. 오히려 융이 추구했던 이상적 인간상은 남성성과 여성성을 고루 갖춘 상태, 즉 로고스와 에로스를 동시에 지닌 양성적 매력의 인간형이라 할 수 있다. 로고스가 질서와 체계를 추구한다면, 에로스는 관계와 연대를 추구한다. 로고스가 세계를 통제하고 유지하는 힘이라면, 에로스는 세계를 창조하고 초월하는 힘이다. 나르치스는 골드문트를 통해 예술의 아름다움을, 에로스의 소중함을 배운다. 골드문트는 나르치스를 통해 한때 자신이 동경했지만 끝내 지킬 수 없었던 단정한 로고스의 소중함을 눈물겹게 배운다. 그들은 그렇게 하나가 되었고, 비로소 자기 안의 결핍에서 해방되었다.

나르치스는 골드문트가 수도원에 남아 계속 작품 활동을 하길 바라지만, 방랑벽을 견디지 못하고 또다시 길을 떠나는 골드문트를 잡지 못한다. 언제든 떠날 준비가 되어 있는 골드문트의 '그다움'이야말로 나르치스가 가장 사랑하는 모습이었기 때문이다. 골드문트는 또다시 터무니없는 사랑과 무언가를 향한 그칠 줄 모르는 갈망을 좇아 떠나지만, 이제 병들고 노쇠한 그에게는 방랑의 시간이 더 이상 남아 있지 않았다. 골드문트는 병든 몸으로 수도원에 돌아와 최후를 맞는다. 나르치스는 골드문트의 마지막 순간을 지켜보며 세상 누구에게도 할 수 없었던 가슴 아픈 고백을 한다. 이 세상에 태어나서 내가 진정으로 사랑한 단 한 사람은, 너였다고. 내가 사랑이 무엇인지 안다면, 그건 바로 너 때문이라고. 이 사랑은 너무 깊고 크고 아픈 것이어서 사랑이라는 말로는 다할 수 없는 감정이기도 했다. 나르치스는 골드문트가 아니었다면 사랑의 슬픔과 그리움의 아픔을 알지 못했을 것이다. 골드문트는 나르치스가 아니었다면 자기 안에 빛나고 있는 에로스의 열정을, 창조를 향한 동경을 깨닫지 못했을 것이다. 골드문트는 마침내 삶 저편의 완전한 어둠이자 완전한 빛의 기원, 인류의 어머니 이브의 품 안으로 돌아간다. 홀로 세상에 남은 나르치스는 뼈아픈 고독 속에서 골드문트가 선물하고 간 천상의 예술을, 태초의 이브를, 에로스의 빛을 영원히 간직하며 살아갈 것이다.

모범적인 삶의 질서와 규율, 세속적 욕망과 감각적 쾌락의 단념, 더러운 일과 피 묻히는 일을 멀리하고 철학과 기도에만 몰입하는 것이 과연 진정으로 골드문트의 삶보다 더 낫다고 할 수 있

해바라기가 있는 화단(Beet mit Sonnenblumen, 1933)

을까? 인간이란 존재는 정말 정해진 규칙대로 살아가도록 되어 있는 것일까? 인간의 시간과 운명이 예배 시간을 알리는 종소리처럼 그렇게 정해져 있는 것일까? (……) 세상에 등을 돌리고 손을 씻은 채 정결한 삶을 살면서 조화가 넘치는 아름다운 사상의 정원을 꾸며놓고 잘 가꾸어진 화단 사이로 죄를 모르고 거니는 것보다는 어쩌면 세상의 끔찍스런 흐름과 혼돈에 자신을 내맡긴 채 그러다가 죄를 짓기도 하고 죄의 쓰라린 결과를 감수하기도 하며 살아가는 것이 결국에는 더 당당하고 위대한 것인지도 모른다. 다 해진 신발을 신고 숲과 시골길을 누비며 눈비를 맞고 굶주림과 곤핍한 처지를 겪고 감각의 쾌락을 즐기다가 고통의 대가를 치르고 살아가는 편이 어쩌면 더 힘들고 용감하며 고귀한 것인지도 몰랐다. 어떻든 골드문트는 원래 고귀한 일을 하도록 섬지된 사람이 인생의 피 냄새 나고 걷잡을 수 없는 아수라장에 너무나 깊숙이 빠져들어 수많은 오물과 피로 자기 몸을 더럽힐 수도 있다는 사실을 보여주었다. 그러면서도 그는 왜소하거나 천박하지 않았고, 자기 속에 깃들어 있는 성스러움을 죽이지도 않았다. 어두운 욕망에 깊숙이 말려들어 방황하면서도 그의 영혼의 성스러운 곳에서는 성스러운 빛과 창조력이 결코 소진되지 않았던 것이다.(332쪽)

네 안의 특별함을 두려워하지 마

데미안

무의식의 은밀한 도발

우리는 하루에도 몇 번씩 자기 안의 두려움과 만난다. 하지만 자기 안의 '힘'을 만나는 일은 쉽지 않다. 화산의 마그마처럼 겉으로는 보이지 않지만 안에서는 항상 끓어오르고 있는 자기 안의 깊은 힘을 발견하는 것. 두려움을 떨쳐내고 자신의 한계를 극복하는 힘을 발견하는 일은 내면의 성숙을 꿈꾸는 이라면 반드시 거쳐야만 하는 문턱이다. 그 문턱은 의식과 무의식 사이에 걸쳐 있는 보이지 않는 장벽이다. 무의식에 항상 잠재되어 있던 커다란 힘이 마침내 의식에 말을 걸어오는 순간이 있다. 수많은 제도와 규칙과 타인의 시선에 재갈 물린 의식과 달리, 무의식의 문장들은 매우 직설적이고 투명하며 때로는 도발적이기까지 하다. '이제 피하지 마. 넌 이미 알고 있어. 바로 지금 네가 가장 원하는 그 일을 해낼 수 있다는 것을.' '더 이상 스스로를 속이려고 하지 마. 너는 그를 사랑하잖아. 마음 깊은 곳에서는 너도 알고

있어. 그도 결국 너를 사랑하게 될 것을.' '지금 포기하면 기회는
다시 오지 않아. 오직 혼자만의 힘으로 그 장애물을 뛰어넘어야
해. 지름길은 없어. 눈 딱 감고 뛰어넘어.' 무의식은 게으르고 주
눅 든 우리의 의식을 은밀히 도발한다.

　내가 『데미안』을 읽고 또 읽는 이유는 이 작품이 나에게 매
번 다른 '무의식의 명령어'를 불러 깨워내기 때문이다. 나는 『데
미안』을 읽으며 나도 모르고 있던 내 안의 힘을 깨달았다. 물론
한 번에 깨달은 것은 아니다. 제대로 이해할 수 있을 때까지 『데
미안』을 읽고 또 읽었다. 알에서 깨어나 창공으로 날아오르고
싶어 하는 내 안의 압락사스를 『데미안』을 통해 아프게 깨달았
다. 그리고 그 아픔은 피해야 할 위험이 아니라 영혼의 비상을
위해 반드시 필요한 내적 성장의 과정임을 알게 되었다.

　　새는 알을 깨고 나오려고 투쟁한다. 알은 세계이다. 태어나려는
　　자는 하나의 세계를 깨뜨려야 한다. 새는 신에게로 날아간다. 신
　　의 이름은 압락사스.*(123쪽)

　주인공 싱클레어와 데미안은 언제 봐도 매력적인 인물들

---

*　　헤르만 헤세, 『데미안』, 전영애 옮김, 민음사. (이하 인용 뒤에는 쪽수만 표기)

이지만, 나이가 들수록 흥미로운 캐릭터는 오히려 크로머다. 주인공 싱클레어를 괴롭히며 용돈을 갈취하는 악동 크로머에 대한 나의 태도는 시간이 지날수록 점점 변해갔다. 10대 시절 크로머는 내게 두려움의 대상이었다. 어린 시절 『피터 팬』을 읽었을 때 걸핏하면 피터 팬을 못살게 구는 후크 선장에게 적대감을 느끼듯, 나는 크로머에게 선명한 적의를 느꼈다. 그런 못된 친구가 없다는 것이 다행으로 여겨질 정도로. 20대가 되어 『데미안』을 다시 읽었을 때, 나는 싱클레어가 데미안에게 기대지만 말고 크로머에게 용감하게 맞서기를 기대했다. 그랬다면 데미안과 싱클레어는 좀 더 일찍 대등한 위치에서 고민을 나누는 친구가 되지 않았을까 하는 기대감도 품어봤다. 30대가 되어 『데미안』을 읽었을 때, 나는 싱클레어가 크로머를 무조건 미워하지만 말고 그에게서 무언가를 배우기를, 그와 '이야기다운 이야기'를 나누기를 기대했다. 그리고 세월이 흘러 또다시 크로머의 악행을 들춰보니, '이 나쁜 아이는 어쩌면 우리 자신에게도 조금씩 남아 있는 악의 충동을 구현한 것이 아닐까' 하는 생각이 든다. 크로머는 악의 화신이지만 이런 사악한 인물이야말로 우리 안의 나쁜 충동을 되돌아보게 만드는 영혼의 거울 역할을 하기 때문이다.

꿈속에서 나는 전적으로 그의 노예였다. 나는 현실에서보다 더 많이 이 꿈들 속에서 살았다. 나는 본래 꿈을 많이 꾸는 편이었

던 것이다. 이 그림자로 하여 나는 힘과 활기를 잃었다. 다른 꿈
도 꾸었지만 크로머가 나를 학대하는 꿈, 나에게 침을 뱉고 나에
게 올라타 무릎으로 짓누르는 꿈을 자주 꾸었다. 그리고 더 고
약한 것은, 심한 범죄를 저지르도록 나를 유혹하는 꿈이었다. 유
혹했다기보다는 그의 막강한 영향력을 그냥 마구잡이로 행사하
는 것이었다. 이 꿈들 중 가장 무서운 꿈, 내가 반은 미쳐서 깨어
나는 꿈은 아버지를 습격하여 살해하는 꿈이었다.(46쪽)

나는 크로머를 통해 '진정한 권력'의 의미를 되새기게 되었
다. 강한 척하거나 타인을 괴롭힘으로써 내 안의 힘을 확인하는
것이 아니라, 진정으로 강해져 내 안에서 저절로 넘쳐흐르는 힘
으로 타인을 도울 수 있는 것. 그것이 타인에게 군림하는 권력이
아니라, 세상을 더 낫게 만드는 따뜻한 권력이 아닐까. 크로머에
대한 태도 변화는 '내 안의 힘'을 찾아 떠나는 영혼의 탐험과 같
았다. 나는 크로머와 대화를 나누고 싶을 만큼 강해졌다. 10대
시절 나에게 크로머는 단순한 두려움의 대상, 증오의 대상일 뿐
이었다. 이제 나는 악당 크로머와 협상을 하고 싶어졌다. 크로
머, 너는 약한 사람을 괴롭혀서 네 가짜 힘을 확인하고 싶겠지.
하지만 계속 그런 식으로 살아간다면 사이코패스가 되거나 동네
건달이 되어버릴걸. 결국 누구에게도 도움이 되지 않는 악한으
로 성장할 거야. 네가 쥐락펴락하는 싱클레어는 네 가짜 권력의

희생양일 뿐이야. 진짜 힘 있는 사람은 남을 괴롭히는 것이 아니라 자신의 힘으로 세상을 더 낫게 만들 수 있지. 자신의 소유물로 힘을 확인하는 것이 아니라, 자신이 행복하게 만들 수 있는 사람의 미소를 통해 진정한 힘을 느끼는 사람. 그런 사람이 진짜 강인한 존재가 아닐까.

신이 우리를 외롭게 만들어 우리들 자신에게로 인도할 수 있는 길은 많이 있다. 그런 길을 그때 신이 나와 함께 갔던 것이다. 악몽과도 같았다. 더러움과 끈적거림 너머로, 깨진 맥주잔과 독설로 지새운 밤 너머로 내 모습이 보였다. 내가, 주문에 걸린 몽상가가, 추하고 더러운 길을 쉬지 않고 고통당하며 기어가는 모습이. 공주님을 찾아가는 길인데, 오물 웅덩이에, 악취와 쓰레기 가득한 뒷골목에 박혀 있는 그런 꿈들이었다. 내 형편이 그랬다. 그다지 세련되지 못한 이런 식으로 나는, 외로워지도록, 그리고 무정하게 환히 웃는 문지기들이 지키고 있는 잠긴 낙원의 문 하나를 나와 유년 사이로 세우도록 정해져 있었다. 그것은 시작이었다. 나 자신에 대한 향수의 눈뜸이었다.(103쪽)

이제 내 눈에 비친 크로머는 물리쳐야 할 악당이 아니라 싱클레어에게 '악의 세계'가 지닌 의미를 깨닫게 하는 영혼의 거울이다. 크로머가 싱클레어에게 돈을 뜯어내다 못해 '네 누나를 소개해달라'는 망언을 쏟아낸 후, 두려움에 떨던 싱클레어는 비로소 데미안에게 자신의 고민을 털어놓는다. 데미안이 싱클레어에게서 크로머를 떼어놓자, 싱클레어는 데미안을 통해 이상적 자아, 언젠가 되고 싶은 자신의 미래상을 만난다. 그는 데미안을 동경하지만 두려워하기도 한다. 이 양가감정은 싱클레어의 또 다른 덫이다. 데미안이 자신을 구해준 것은 더없이 고마운 일이었지만, '스스로 문제를 해결하지 못했다'는 자책감과 데미안에 대한 열등감에 시달리게 된 것이다. 데미안에 대한 마음이 동경에서 질투로, 질투에서 그리움으로, 그리움에서 연대감으로 바뀌어가는 과정은 바로 싱클레어의 내면이 성장하는 과정이다.

유복한 가정환경 속에서 남부러울 것 없이 살아왔던 싱클레어는 악당 크로머를 통해 처음으로 어둠의 세계에 눈뜬다. 그리고 그 어둠의 세계와 싸우는 과정에서 숲 속의 현자(賢者) 같은 데미안을 통해 자기 안에 도사린 뜻밖의 힘을 깨닫게 된다. 데미안은 우리에게 이렇게 속삭이는 듯하다. 네 안의 특별함을 두려워하지 마. 누군가 너를 비난하고 시기하고 질투하더라도, 네 안의 가장 밝은 빛을 잃어버리지 마. 악은 피한다고 해서 사라지지 않아. 악과 대화하고, 악인 안에서도 좋은 점을 찾고, 악에 대해 속속들이 파악한 뒤에야 우리는 비로소 악의 그림자에 짓눌리지 않을 수 있는 힘을 얻을 것이다. 데미안은 그 '사악한 그림자와의 전투'에서 승리한 자의 또 다른 이름이 아닐까.

우리는 아마도 우리가 존경하는 신 하나를 가지고 있겠지만, 그는 함부로 갈라놓은 세계의 절반만 나타낸다고(그것은 공식적이고, 허용된 '환한' 세계였다). 그러나 세계 전체를 존중할 수 있어야 한다고. 그러니까 악마이기도 한 신 하나를 갖든지, 아니면 신에 대한 예배와 더불어 악마에 대한 예배도 만들어야 한다는 것이었다. 그러니까 압락사스는 신이기도 하고 악마이기도 한 신이었다. (125~126쪽)

에로스의 힘

잭 니콜슨 주연의 영화 〈이보다 더 좋을 순 없다〉에는 잊을 수 없는 명대사가 나온다. 모든 것을 자기 위주로 교정하고 조작해야 직성이 풀리는 강박증 환자 유달(잭 니콜슨). 늦깎이 사랑에 빠진 그가 에고이즘에서 조금씩 깨어나는 과정에서 사랑하는 여인(헬렌 헌트)에게 속삭인 말이다. '좋은 사람'의 범주에는 결코 들 수 없었던 천하의 이기주의자가 타인을 배려하는 모습을 보이자 놀란 그녀에게 그는 이렇게 고백한다. "당신을 위해 더 나은 사람이 되고 싶어졌소." 나는 이것이 사랑이 줄 수 있는 최고의 선물이라고 생각한다. 한쪽은 불타오르지만 한쪽은 미적지근하여 헤어질 수도 있고, 절대적인 줄로만 알았던 사랑이 세월에

목련꽃(Magnolienblüte, 1928)

마모되어 서서히 식어버릴 수도 있다. 하지만 그로 인해 '더 나은 사람'이 될 수 있다면, 그 사실만큼은 사랑이 끝나도 결코 변하지 않는다. 사랑으로 우리가 더 나은 사람이 될 수 있다면, 그 어떤 아픈 사랑도 결국에는 스스로를 위한 축복으로 남는다. 사랑은 소멸해도, 사랑으로 변화한 나 자신은 남기 때문이다.

『데미안』의 싱클레어 또한 그런 역설적인 축복을 누린다. 그는 시작부터 불리하거나 이루어질 수 없는 사랑에 빠진다. 첫사랑이자 짝사랑이었던 베아트리체에게는 말 한 번 걸어보지 못했고, 두 번째 사랑인 에바 부인은 절친한 친구 데미안의 어머니였다. 그는 이루어질 수 없는 사랑에 두 번이나 투신했지만, '그녀가 나를 사랑하지 않는다'며 괴로워하기보다는 '그녀에게 어울리는 더 나은 사람이 되고 싶다'고 생각한다. 베아트리체를 사랑하기 직전의 싱클레어는 완전히 망가진 상태였다. 신학교에 입학한 후 그는 자기 안에 '사악한 세계'를 향한 충동이 잠자고 있음을 깨닫는다. 신학교에서 괴짜 취급을 받자 마음 둘 곳을 찾지 못한 싱클레어가 술집에 드나들며 상황은 최악으로 치닫는다. '악의 세계'에 깊이 빠진 그는 아버지의 질책과 어머니의 눈물을 보며 마음을 다잡으려 하지만, 더 이상 '가족이라는 이름으로' 묶어둘 수 없을 만큼 그의 머리는 굵어져버렸다. 그런 그를 악의 충동에서 구해내고 '더 나은 사람이 되고 싶다'는 열망을 심어준 것은 베아트리체를 향한 무모한 짝사랑이었다.

이 베아트리체 예배는 나의 삶을 송두리째 바꾸어놓았다. 어제만 해도 조숙한 냉소주의자였는데, 나는 지금 성인(聖人)이 되겠다는 목표를 지닌 사원의 하인이었다. 나는 내가 익숙했던 평범한 삶을 떨쳤을 뿐만 아니라, 모든 것을 바꾸려고 했다. 모든 것에 정결함, 고귀함, 품위를 부여하려 했다. 먹고 마시면서도, 말을 하고 옷을 차려입으면서도 나는 그 생각을 했다. 냉수욕으로 아침을 시작했다. 처음에는 심하게 자신을 다스려야 했다. 진지하고 품위 있게 처신했으며, 몸을 꼿꼿이 했고, 나의 걸음걸이를 좀더 느리고 품위 있게 했다. 구경꾼에게는 우스꽝스럽게 보였을지도 모른다. 나의 내면에서 그것은 모두 예배였다.(108~109쪽)

싱클레어는 베아트리체의 진짜 이름조차 물어보지 못할 정도로 숙맥이었다. 그녀의 모습에 반해 제멋대로 '베아트리체'라는 이름을 지어주고, 단테의 『신곡』에 나오는 베아트리체를 그린 그림을 바라보며 가슴 뿌듯해한다. 연애 경험이 전혀 없는 순진한 청년 싱클레어는 베아트리체를 향한 갈망을 통해 스스로를 조금씩 변모시킨다. 닿을 수 없는 상대에 대한 기약 없는 짝사랑, 자기를 바꾸려는 충동과 더 높은 자아의 이상을 실현하고 싶은 꿈이 합쳐져, 전에 없던 예술의 충동이 일렁인다. 어느 날 갑자기 알 수 없는 충동에 이끌려 그림을 그리기 시작하고, 무언가에 홀린 듯 다 그리고 나서야 그 그림의 모델이 베아트리체임을 깨닫는다.

싱클레어는 베아트리체를 동경하는 동안 점점 그녀를 사랑할 자격이 있는 사람으로 바뀌어간다. 한밤의 술집 순례와 싸움질도 그만두고, 독서와 산책을 즐기며, 고독한 내면의 시공간을 되찾는다. 갑자기 얌전해진 싱클레어를 향해 숱한 조롱과 야유의 시선이 쏟아지지만, 그는 아랑곳하지 않는다. 불특정 다수의 사랑을 받지 못해 전전긍긍하던 싱클레어는, 누군가를 향한 순수한 집중을 통해 사랑을 받는 자가 아니라 사랑을 주는 자만이 느낄 수 있는 눈부신 자유의 냄새를 맡는다. 자기 안의 빛을 발견하자 타인의 시선 따위는 신경 쓰지 않고 자기만의 내면세계를 창조하기 시작한다. 모든 사람의 조롱에서 자유로울 수 있다는 것. 그것만으로도 그는 베아트리체와의 사랑에서 승리했다. '어두운 세계'의 어둠을 샅샅이 맛본 그는 이제 '밝은 세계'로 옮겨오는데, 그것은 융이 말한 '대극의 통합'이기도 하다. 정반대되는 세계의 극단을 모두 경험한 자만이 누릴 수 있는 경지, 선의 세계를 얌전히 고수하는 것이 아니라 악의 세계까지 탐험한 자만이 누릴 수 있는 눈부신 내공을 지니게 된 것이다. 베아트리체를 향한 사랑을 통해 싱클레어가 창조하는 '밝은 세계'는 기존에 부모님이 선물했던 안락한 가정의 빛깔과는 다르다. 이 밝은 세계는 유복한 가정환경의 그늘이 아니라 싱클레어 자신이 만들어낸 새로운 세계였다는 점에서, 그는 한층 성숙한 인격으로 한 발짝 내딛은 셈이다.

에바 부인에 대한 내 사랑이 내 삶의 단 하나의 내용처럼 보였다. 그러나 그녀는 날마다 다르게 보였다. 더러 나는, 나의 본질이 이끌려 지향해가는 것이 그녀라는 인물이 아니고 그녀는 다만 나 자신의 내면의 한 상징이며 나를 다만 더 깊게 나 자신 속에 인도하려 한다는 것을 확실하게 느낀다고 생각했다. 나는 나를 뒤흔드는 화급한 물음들에 대한 나의 무의식의 대답처럼 들리는 말을 자주 그녀로부터 들었다. 그다음에는 다시, 내가 그녀 곁에서 관능적 욕구로 불타며 그녀가 닿았던 물건들에 입 맞추는 순간들이 있었다. 그러나 점차 관능적이며 비관능적인 사랑이, 현실과 상징이 서로 포개지며 밀려왔다. 그다음에는 내가 내 방에서 고요히 열렬하게 그녀를 생각하면, 그럴 때 그녀의 손이 나의 손에, 그녀의 입술이 내 입술 위에 느껴진다고 생각하는 일이 있었다. 혹은 내가 그녀 집에서 그녀 얼굴을 보고, 그녀와 말하고, 그녀의 목소리를 듣고 있으면서도, 그녀가 정말로 거기 있는지, 꿈은 아닌지 잘 분별할 수 없기도 했다. 어떻게 하나의 사랑을 지속적으로 불멸로 소유할 수 있는지를 나는 예감하기 시작했다.(201~202쪽)

에바 부인을 향한 사랑은 싱클레어를 한결 더 어른스럽게

해바라기가 있는 집들(Häuser mit Sonnenblumen, 1927)

만든다. 이 금지된 사랑에서 흥미로운 점은 에바 부인이 싱클레어를 금기의 이름으로 밀어내지 않는다는 것이다. 에바 부인은 오히려 싱클레어가 자신을 사랑한다는 것을 단번에 간파하고, 싱클레어가 이 사랑을 '이루어지게 하는 것'이 아니라 이 사랑에서 '무언가 깨닫기를' 바란다. 에바 부인의 사랑에는 관능적인 쾌락과 철학적인 쾌락이 늘 함께한다. 그는 감동적인 책을 읽으면서 그 깨달음이 '에바 부인의 키스'와 똑같다고 느낀다. 에바 부인이 싱클레어의 머리칼을 쓰다듬으며 향기로운 미소를 보내주는 것처럼, 배움을 통한 깨달음의 기쁨이 그에게 인생을 뒤흔드는 희열을 준다. 그는 크리스마스 때 집으로 돌아와서도 지척에 있는 에바 부인의 집을 찾아가지 않는다. 그녀를 만나는 것만큼이나 그녀를 상상하는 일이 행복했기 때문이다. 그는 꿈속에서 에바 부인과의 사랑이 이루어지는 상징적 이미지를 만난다. 꿈속에서 그녀는 싱클레어가 용솟음치며 흘러가는 깊은 바다였다. 그녀는 별이었고, 싱클레어 역시 별이 되어 그녀에게 가는 중이었으며, 별이 된 두 사람은 원을 그리며 서로의 주위를 영원토록 행복하게 맴돈다. 싱클레어가 에바 부인을 만나 이 꿈을 고백하자, 에바 부인은 그 꿈을 억압하거나 금지하지 않는다. 다만 그 꿈을 통해 싱클레어가 더 커다란 진실을 깨닫기를 바란다. "그 꿈은 정말로 아름답군요." "그것이 진실이 될 수 있게 하세요." 『데미안』의 후반부는 에바 부인을 향한 싱클레어의 관능적 사랑이 내면의 성장을 위한 더 큰 걸음으로 완성되는 과정이다.

누군가의 삶을 아주 천천히 바꾸는……

요새는 '친구 같은 스승', '친구 같은 부모'가 유행이 된 나머지 엄격한 스승이나 부모는 영 인기 없는 존재가 되어버렸다. 하지만 내 기억 속의 멋진 스승이나 부모는 대부분 무서웠다. 내가 가장 존경했던 문학 선생님은 '세 번 결석이면 무조건 에프 학점'이라는 원칙을 고수하셨다. 나는 몸이 아파 어쩔 수 없이 결석을 했는데, 그때는 병원 진단서를 끊어가는 문화조차 없었으므로 '당연히 에프 학점'이라고 생각했다. 무서워서 선생님께 따로 찾아가지도 못했던 나는 에프 학점을 달게 받은 후 4학년이 되어서야 재수강을 했다. 그때도 여전히 그 선생님이 무섭기는 했지만, '4학년이 되니 이제야 수업이 이해된다'는 생각이 들었다. 내가 결석했던 것은 단지 아파서가 아니라 그 수업의 엄격함을 견딜 수 없었기 때문이기도 했다.

지각조차 할 수 없을 만큼 팽팽한 긴장감이 감도는 그 수업을 나는 4학년이 되어서야 견딜 수 있었다. 그리고 그 극도의 긴장감이 단지 선생님의 엄격함 때문이 아니라 '무언가를 배운다는 일의 숭고함' 때문이라는 사실을 졸업 이후에야 깨달았다. 그

분의 엄격함이 단순한 카리스마가 아니라 '한 치의 오차도 없는 학문의 엄정함'을 가르치기 위한 자기통제였음을 이제는 알 것 같다. 경박한 카리스마는 타인을 지배하는 데 쓰이지만, 위대한 카리스마는 자기통제에서 시작하여 끝내 타인의 마음을 움직인다. 남을 쥐락펴락하는 카리스마가 아니라 자신을 제어하는 카리스마야말로 우리 시대에 절실한 리더십이 아닐까. 시간이 지나도 빛이 바래지 않는 카리스마는 누군가를 휘어잡아 지배하는 강제력이 아니라, 누군가의 삶을 아주 천천히 바꾸는 부드러운 영향력이다.

데미안이 싱클레어에게 부린 인간관계의 마법도 바로 그런 부드러운 카리스마다. 데미안은 자신의 힘과 지성을 이용해 싱클레어를 두렵게 만들지 않는다. 싱클레어가 두려움을 느끼는 것은 데미안의 강제력 때문이 아니라 위대한 존재 앞에서 어쩔 수 없이 느끼는 자신감 부족 때문이다. 데미안은 싱클레어를 괴롭히는 크로머를 조용히 훈계하여 내쫓아버린 뒤, 그 영웅적 행위에 결코 생색을 내지 않는다. 다만 싱클레어에게 끊임없이 화두를 던질 뿐이다.

그 자신이, 데미안이 카인 같은 존재가 아닐까? 그 자신이 그와 비슷하다고 느끼지 않았다면 왜 그는 카인을 옹호했을까? 왜 그의 눈에는 그런 힘이 있는 걸까? 왜 그는 그렇게 '다른' 사람들,

겁 많은 사람들, 사실은 하느님 마음에 드는 경건한 사람들에 대하여 비웃음을 띠고 말했던가?

이런 생각을 나는 끝없이 했다. 돌 하나가 우물 안에 던져졌고, 그 우물은 나의 젊은 영혼이었던 것이다. 그리고 긴, 몹시 긴 시간 동안 카인, 쳐 죽임, 표적은 바로 인식, 회의, 비판에 이르려는 나의 시도들의 출발점이었다.(44쪽)

데미안을 통해 싱클레어는 자신이 세계에 대해 반쪽만 알고 있었음을 깨닫는다. 어른들이 공식적으로 가르치는 삶은 항상 선하고 아름답고 올바른 것이었다. 데미안은 사악하고 추하고 옳지 못한 '세계의 나머지 반쪽' 또한 인간세계의 소중한 진실임을 가르쳐준다. 데미안은 신에게 예배를 드린다면 악마에게도 예배를 드려야 한다는 충격적인 메시지로 온실의 화초처럼 자란 싱클레어를 놀라게 한다. 데미안이 싱클레어에게 접근하는 방식 또한 흥미롭다. 그는 일관되게 신비주의 콘셉트를 유지한다. 일단 수수께끼 같은 화두를 던져 상대방을 애타게 만들어놓은 다음, 오랫동안 사라졌다가 상대방이 그 궁금증을 스스로 해결했을 때쯤 나타나 깨달음의 의미를 해석해주는 것이다. 싱클레어는 점점 더 길어지는 '헤어짐' 속에서 홀로 넘어지고 부딪히며 데미안이 던진 인생의 화두를 스스로 풀어가는 방식을 배우게 된다.

학자가 아니라도 스승은 필요하며 예술가가 아니라도 창조를 위한 뮤즈는 필요하다. 데미안과 에바 부인이 바로 그런 존재다. '왜 요즘 세상에는 평생 스승으로 모실 만한 강호의 절대 고수를 찾기 어려운가' 하고 한탄하는 목소리들이 들린다. 저마다 마음속의 멘토를 찾는 목소리들이 빗발친다. 스승이 필요하다고, 코치가 필요하다고, 멘토가 필요하다고. 하지만 절대적인 현자가 혜성처럼 등장한다고 우리가 그의 가치를 제대로 알아볼수 있을까. 스승에게 인생을 의탁하려는 마음은 사실 자신의 삶전체를 주인에게 의탁하려는 노예의 마음과 다를 바 없다. 싱클레어는 데미안과 함께 있는 시간, 에바 부인과 함께 있는 시간보다 혼자 있는 시간이 더 많았다. 싱클레어는 홀로 남은 시간 동안 데미안과 에바 부인의 메시지를 곱씹으며 스스로 해답을 찾으려 애썼다. 우리는 혜성처럼 갑자기 나타날 톱스타 스승을 찾을 것이 아니라, 스승을 맞이할 만한 '그릇'이 되었는지를 스스로에게 물어야 한다. 데미안과 에바 부인을 만날 때까지 자신이 가진 모든 기득권을 포기한 채 자기 자신에 대한 탐구에만 열정적으로 몰두했던 싱클레어처럼. 고민하는 것, 방황하는 것이 절체절명의 의무라도 되는 양, 영혼이 모두 타버리기 직전까지 자신의 고민을 밀어붙인 싱클레어의 고뇌를 배우고 싶어진다. 어릴때는 데미안이라는 신비로운 매력에 이끌렸지만, 이제는 데미안에게 걸맞은 친구가 되기 위해, 데미안에게 진정한 가르침을 전

수받기 위해 자신을 사지로 몰아붙인 싱클레어의 고뇌가 눈에 들어온다. 멋진 친구에게 어울리는 존재, 위대한 스승에게 걸맞은 존재가 되기 위해 자기라는 그릇을 갈고닦는 미숙한 청년의 고뇌야말로 『데미안』의 숨은 매력이다.

다만 서서히 그리고 무의식적으로, 이 완전히 내면적인 영상과 바깥으로부터 내게로 온, 찾아야 할 신에 대한 신호 사이에서 하나의 결합이 이루어졌다. 그리고 이 결합은 그 후 더 긴밀해지고 더 내밀해졌으며 나는, 내가 바로 이 예감의 꿈속에서 압락사스를 불렀음을 느끼기 시작했다. 희열과 오싹함이 섞이고, 남자와 여자가 섞이고, 지고와 추악이 뒤얽혔고, 깊은 죄에는 지극한 청순함을 통해 충격을 주며. 나의 사랑의 꿈의 영상은 그러했다. 그리고 압락사스도 그러했다. 사랑은 이제 더 이상, 처음에 겁을 먹고 느꼈던 것처럼 동물적인 어두운 충동이 아니었다. 그리고 그것은 이제 또한 더 이상 내가 베아트리체의 영상에다 바친 것 같은 경건하게 정신화된 숭배 감정도 아니었다. 사랑은 그 둘 다였다. 둘 다이며 또 훨씬 그 이상이었다. 사랑은 천사상이며 사탄이고, 남자와 여자가 하나였고, 인간과 동물, 지고의 선이자 극단적 악이었다. 이 양극단을 살아가는 것이 나에게는 운명으로 정해져 있는 것처럼 보였다. 이것을 맛보는 것이 나의 운명으로 보였다. 나는 운명을 동경했고, 운명을 두려워했지만, 운

명은 늘 거기 있었다. 늘 내 위에 있었다.(127~128쪽)

스승을 받아들일 준비가 안 된 사람들의 특징은 지나치게 자신의 '취향'을 내세운다는 것이다. '나는 그 사람은 싫어, 이건 이래서 싫고, 저건 저래서 싫어.' 이렇게 말하는 사람은 무엇도 제대로 좋아할 수 없고 누구에게도 마음을 열 수 없다. 자신의 공감 능력을 키울 생각은 하지 않은 채 남 탓만 한다면, 위대한 스승이 눈앞에서 손을 내밀어도 그 손길의 따뜻함을 알아볼 수 없다. 아름다운 타인을 만나기 위해서는 결국 아름다운 나 자신과 만나야 한다. 나 자신의 선악미추와 온전히 대면할 수 있을 때, 도피하지 않고 외면하지 않고 자기 내면의 성스러움을 이끌어낼 수 있을 때, 우리는 비로소 아름다운 타인 또한 만날 수 있다. 싱클레어는 데미안이 두려웠지만 그 두려움을 감당했다. 결코 만만치 않은 스승인 데미안의 위대함을 받아들이고 그를 통해 무언가를 배우기 위해 스스로 커지는 길, 스스로 깊어지는 길을 택한 것이다.

전혀 아무것도 되지 않기 위해

헤세가 언제나 나에게 '친근한 작가'인 이유는 '모범생'이 아니라 자타가 공인하는 '방황의 전문가'이기 때문이다. 그의 삶은 일탈과 방황으로 얼룩져 있다. 하지만 그 헤맴조차 너무도 인간적이기에 연민과 공감을 불러일으킨다. 헤세는 열넷에 마울브론 신학교에 입학했지만 겨우 7개월을 간신히 버티고는 도망쳐 나온다. 반쯤은 작가가 되기 위해, 반쯤은 전혀 아무것도 되지 않기 위해 그는 자유롭게 살아가려 한다. 짝사랑의 아픔을 못 이겨 자살을 시도하기도 했으며, 신경과 병원에 입원하여 치료를 받기도 했다. 시계 공장에서 견습공 생활을 하기도 하고, 서점에서 잠시 근무하기도 하지만, 결국 '시인이 되지 않을 거라면 아무것도 되지 않겠다'고 결심한다. 그러나 시인의 길은 결코 녹록지 않았다. 제1차 세계대전이 일어나자 헤세는 자원입대하려 했지만 시력이 좋지 않은 탓에 거부당한다. 그가 입대를 거절당한 것은 '작가 헤르만 헤세의 탄생'이라는 관점에서 보면 천만다행한 일이었다. 그는 참전에 실패한 후 전쟁을 비판하는 글을 신문에 발표하여 국민적인 반감을 산다. '국민의 길'보다는 '인간의 길'을 원했던 그의 자유로운 영혼이 처음으로 무참히 공격을 당한 것이다. 그 뒤 헤세는 자신의 출판사를 만들어 소책자 수십 권을 통해 전쟁에 반대하는 글을 발표했으며, 그 방황의 끝에서 걸작 『크눌프』를 탄생시켰다.

『수레바퀴 아래서』나 『나르치스와 골드문트』에서 '훌륭한 신학도가 되어야 한다'는 강한 압박감에 못 이겨 혼절하거나 헛

소리를 늘어놓는 심약한 소년의 모습은 헤세가 보낸 힘겨운 어린 시절의 그림자다. 1916년 아버지가 사망하고, 엎친 데 덮친 격으로 헤세의 첫 번째 부인 마리아의 정신병이 악화되며, 막내아들 마르틴마저 병에 걸리자, 헤세는 심한 신경쇠약에 시달리게 된다. 이때부터 헤세와 융의 아름다운 인연이 시작된다. 헤세는 스위스 루체른 근교 존마트 요양소에서 융의 제자인 프리츠 랑 박사에게 본격적인 정신 요법 치료를 받는다.

융은 헤세에게 '당신의 아픈 마음을 치유하는 데 그림 그리기가 분명 도움이 될 것'이라고 조언한다. 전문적인 그림 수업을 받은 적이 없는 헤세는 그때부터 본격적으로 '마음 가는 대로' 그림을 그리기 시작한다. 헤세는 신학도로서 느꼈던 중압감, 작가로서 느꼈던 부담감을 뛰어넘어 그림을 그리는 순간에 진정한 해방감을 느끼기 시작한다. 그림을 '잘 그려야 한다'는 압박감이 아니라 '그림을 통해 자연과 대화하고 내 마음과 이야기를 나눈다'는 소박한 느낌에 충실했기 때문일 것이다. 그는 그림 그리기를 통해 지금까지 억압되어온 수많은 감정과 화해하고 '무의식의 그림자와 대면하는 법'을 배우게 된다.

『데미안』에서 싱클레어 역시 '그림 그리기'를 통해서 진정한 자신과 만나는 방법을 터득한다. 신학교에 입학한 싱클레어는 '술집'과 '저잣거리'로 출퇴근하는 방탕한 삶을 일삼다 어느 날 갑자기 남자도 여자도 아닌 기이한 형상을 떠올리고, 그 무의식의 신호를 직접 그림으로 그리기 시작한다. 처음에는 희미하고 모호했던 마음속의 이미지가 그림을 그려갈수록 점점 익숙하고 소중한 존재로 탈바꿈한다. 그것은 처음에 그가 사랑에 빠진 여인 베아트리체의 형상과 비슷했다가, 싱클레어 본인이나 데미안을 닮은 듯도 했다가, 결국에는 '현실에서는 모르지만 꿈속에서는 너무도 친근한' 어떤 이상적인 이미지였다.

> 빛이 사라지고 나서도 오랫동안 나는 그것을 마주 보고 앉아 있었다. 그런데 차츰차츰 이것은 베아트리체도 데미안도 아니며 나라는 느낌이 왔다. 그 그림은 나를 닮지 않았으며 그럴 리도 없다고 느꼈다. 그러나 그것은, 나의 삶을 결정한 것이었다. 그것은 나의 내면, 나의 운명 혹은 내 속에 내재하는 수호신이었다. 만약 내가 언젠가 다시 한 친구를 찾아낸다면, 내 친구의 모습이 저러리라. 언제 하나를 얻게 된다면 내 애인의 모습이 저러리라. 나의 삶이 저럴 것이며 나의 죽음이 저럴 것이다. 이것은 내 운명의 울림이자 리듬이었다. (112~113쪽)

싱클레어가 그린 얼굴은 여자인 동시에 남자처럼 보였다. 소녀처럼 보이는가 하면 소년처럼 보이기도 했고, 작은 짐승처럼 보이기도 했다. 불빛에 비추면 더욱 강렬한 환각으로 변해갔다. 그림은 때로는 몽롱한 얼룩처럼 보이다가 다시 크고 선명하게 확대되기도 했다. 그림의 형상을 제대로 알아볼 수 없었던 싱클레어는 강력한 내면의 부름을 느끼며 두 눈을 감는다. 그러자 그 그림이 싱클레어의 내부에서 한결 더 강렬하고 힘찬 모습으로 변해간다. 싱클레어는 희열에 찬 나머지 그 그림 앞에 무릎을 꿇으려 한다. 그러나 그것은 '숭배의 대상'이 아니라 자기 내면의 일부이자 '나로부터 분리해낼 수 없는 그 무엇'이었다. 싱클레어가 그린 그림은 외부의 아름다운 이미지를 모사한 것이 아니라 자기 안의 또 다른 자아, 무의식의 아니마를 그려낸 것이기 때문이었다.

의식과 무의식의 만남에서 결정적인 순간은 바로 또 다른 나의 가능성, 즉 얼터 에고(alter ego)와의 만남이다. 그리고 이후 운명의 여신으로 만나게 될 데미안의 어머니 에바 부인의 모습이기도 했다. 방황을 일삼던 싱클레어에게서 어떤 '깨달음의 빛'이 보이자 신학교의 동급생 크나우어는 그 '비법'을 물어본다. 어떻게 해야 너 같은 깨달음에 도달할 수 있느냐고. 그러나 싱클레어는 마치 그 옛날의 데미안처럼 차분한 어조로 이렇게 말한다. "나도 누구의 도움을 받은 적이 없어. 자신에 대해서 곰곰이 성찰해보는 것밖에는 방법이 없어. 내면에서 저절로 우러나오는 대로 행동하면 되는 거야. 다른 방법은 없어. 만일 스스로의 힘으로 자기를 찾을 수 없다면 어떤 존재도 너의 진짜 모습을 발견해낼 수 없어."

싱클레어의 또 다른 멘토 피스토리우스는 그에게 이렇게 말한다. "우리의 신은 압락사스야. 그는 신인 동시에 악마지. 그는 자기 내부에 밝은 세계와 어두운 세계를 동시에 가지고 있어. 압락사스는 네 생각이나 꿈에 대해 어떤 이의도 제기하지 않을 거야. 그걸 결코 잊지 마. 하지만 만약 네가 흠잡을 데 없이 모범적인 평범한 사람이 되어버리면 그는 너를 버릴 거야. 압락사스는 너를 버리고는 자기의 사상을 요리할 수 있는 새로운 그릇을 찾아가고 말 거야." 『데미안』에서 가장 경계하는 인간은 게으르거나 나약한 인간이 아니라 '평범한 시민'이다. 주어진 제도와 규칙 안에서 만족하는 사람, 그 어떤 새로움도 받아들일 틈새가 없는 사람은 스스로 화석이 되어버린 존재다. 그는 압락사스의 이중성과 삶의 다채로움을 받아들일 용기가 없는 평범한 시민인 것이다.

내 속에서 솟아 나오려는 것, 바로 그것을 나는 살아보려고 했다. 왜 그것이 그토록 어려웠을까?

자주 나는 내 꿈속 강렬한 사랑의 영상을 그려보려 했다. 그러나 한 번도 성공하지 못했다. 성공했더라면, 나는 그 그림 종이를 데미안에게 보냈을 텐데. 그는 어디에 있는 것일까? 나는 알지 못했다. 내가 아는 건 오직, 그가 나와 결합되어 있다는 것뿐. 언제 그를 다시 볼 수 있을까?(129쪽)

압락사스의 날갯짓

'한때 문학청년이었음'을 자부하는 주변 사람들의 이야기를 들어보면 한 번쯤은 '데미안 앓이'를 해보았다는 고백을 많이 듣는다. 청춘의 열병을 앓는 이들에게, 방황이 마치 숨 쉬듯 자연스러운 이들에게 『데미안』은 비밀스러운 성서 같은 존재로 자리매김해왔다. "새는 알을 깨고 나오려고 투쟁한다. 알은 세계다. 태어나려는 자는 하나의 세계를 깨뜨려야 한다. 새는 신에게로 날아간다. 신의 이름은 압락사스." 어느 날 수업 시간이 막 시작될 무렵 싱클레어에게 날아온 쪽지에 적혀 있던 이 글귀를 본 뒤 싱클레어의 운명은 뒤바뀐다. 데미안과 싱클레어 두 사람이 마치 선문답처럼 주고받는 압락사스의 대화는 우리 안에 저마다 깊이 잠들어 있던 초월과 비상(飛翔)을 향한 꿈을 일깨운다.

싱클레어는 도서관을 샅샅이 뒤지며 압락사스에 대해 조사하지만 그것은 문헌을 통해 쉽게 얻을 수 있는 지식이 아니었다. 그때부터 인생의 화두가 된 압락사스는 오랜 시간에 걸쳐 싱클레어의 마음속에 강력한 환상으로 자리 잡는다. 이윽고 그는 자신이 꿈에서도 압락사스를 부르고 있었음을, 그리고 그 압락사스를 향한 동경은 마치 사랑을 향한 애타는 그리움처럼 끊어낼 수 없는 열정임을 알게 된다. 싱클레어의 마음속에서 압락사스는 점점 뚜렷한 영상으로 떠오른다. 그것은 알 수 없는 존재를 향한 사랑이기도 했다. 그는 꿈속에서 하늘로 힘차게 날아오르는 압락사스의 이미지를 보고 옛집으로 가서 어머니를 포옹하는데, 다시 보니 어머니가 아니라 반은 남성이고 반은 여성인 어떤 사람을 끌어안고 있었다. 그는 그 여인에게 두려움과 타는 듯한 동경과 애타는 그리움을 동시에 느낀다. 그 꿈은 그의 피난처이자 은신처였다. 그것은 금지된 대상을 향한 무한한 열정이기에 고통스러운 쾌락이기도 했다.

싱클레어에게 또 하나의 멘토가 되어준 피스토리우스는 압락사스를 향한 싱클레어의 동경을 이해한다. 그는 비밀스러운 여인과 포옹하는 꿈을 반복적으로 꾸면서도 그것을 아무에게도 발설하지 못하는 싱클레어에게 이렇게 말한다. "당신은 그 꿈을 계속 안고 살아가야 해요. 그 꿈을 가지고 놀고, 그 꿈을 위한 제단을 마련해요!" "그 꿈에 두려움을 느끼고 있겠지. 하지만 두려워하지 말아요. 그것이 바로 당신이 가진 것 가운데서 최상의 것일 테니." "압락사스를 아는 사람이라면 더 이상 아무것도 두려워할 필요가 없어요. 우리 영혼이 소망하는 것이 무엇이든 금지되었다고 여겨서는 안 돼요." 그는 압락사스를 향한 끝없는 동경과 믿음을, 꿈속의 여인에 대한 금지된 열정을 두려워하지 말라고, 자기 안의 일부로 받아들이라고 조언함으로써 싱클레어의 무의식조차 존중해준다.

싱클레어는 오랜 방황을 거쳐 드디어 데미안과 다시 만나게 된다. 데미안은 싱클레어를 보자마자 현시대의 절망에 대해 이야기하기 시작한다. 유럽은 수백 년간, 아니 그보다 훨씬 긴 기간 동안 그저 연구만 하고 공장만 세우고 있었다고. 한 사람을 죽이기 위해 몇 그램의 화약이 필요한지는 정확하게 알면서 신에게 기도를 드릴 줄도, 한 시간만이라도 만족할 줄 모르는 것이 현대인이라고. "학생 주점 같은 곳을 한번 들여다봐! 부자들이 드나드는 유흥업소를 봐! 절망적이지. 싱클레어, 어디서도 진정한 명랑함을 찾을 수 없어. 그렇듯 불안에 가득 차서 모여든 사람들은 더욱 겁을 먹고 악의에 차서 아무도 남을 믿으려고 하지 않아. 그들은 이상이 아닌 이상에 매달려 새로운 이상을 세우는 모든 사람에게 돌멩이를 던져대지." 데미안은 거대한 전쟁이 시작될 것임을 예감한다. "싸움이 시작되리라는 것을 느껴. 그것이 올 거야. 머지않아 틀림없이 올 거야. 물론 그것이 세계를 개선하지는 못하겠지. 노동자가 공장주를 때려죽이거나 러시아와 독일이 서로 총질을 한다 해도 단지 소유주만 바뀔 뿐이겠지. 하지만 그 모든 게 헛된 것은 아냐. 오늘날의 이상이 무가치하다는 것을 증명해줄 것이고, 석기시대의 신들을 제거해줄 테니까. 지금 이대로의 세계는 멸망하고 있어."

데미안은 다가오는 전쟁의 기운을 감지했고, 싱클레어 또한 자신이 전쟁에 나가게 될 것을 예감하고 있었다. 오래지 않아 두 사람은 위험천만한 전쟁터에서 힘겨운 전투를 벌일 것이다. 그

브레간조나 전경(Blick auf Breganzona, 1922)

러나 그들의 우정은 더욱 깊고 아늑해진다.

싱클레어는 데미안의 어머니 에바 부인을 처음 만난 순간, 자신의 피난처가 되어주었던 오랜 꿈이 드디어 이루어지는 것을 느낀다. 에바 부인은 싱클레어가 꿈속에서조차 애타게 그리워하던 바로 그 여인이었다. 싱클레어의 영원한 동경을 충족시켜주는, 무의식의 아니마에 가장 가까운 모습이었던 것이다. "나의 앞날이 앞으로 어떻게 펼쳐질지 알 수 없지만, 지금 여기서 에바 부인을 알고 그녀의 목소리를 음미하며 그녀 가까이서 숨 쉴 수 있다는 사실만으로도 나는 행복했다." 싱클레어가 데미안에게 보낸 '압락사스의 그림'을 에바 부인 또한 알고 있었다. "우리는 당신을 기다렸어요. 우리는 이 그림을 받고 당신이 우리에게 오는 중임을 알았지요." 에바 부인은 마치 오랫동안 싱클레어를 알고 있었다는 듯 스스럼없이 싱클레어의 고민을 들어주고 그를 이해해준다. 싱클레어는 데미안에게조차 에바 부인을 향한 동경을 숨기지 않는다. "에바 부인! 그 이름은 정말 그분에게 완벽히 어울려. 모든 존재의 어머니 같은 분이시니까."

싱클레어는 데미안과 에바 부인을 통해 자신이 오랫동안 꿈꾸어오던 압락사스의 꿈을 조금씩 이해하게 된다. 그리하여 '알을 깨고 나오는 새'의 이미지, 더 깊은 세계의 중심을 향해 날아가는 압락사스의 날갯짓은 우리에게 이렇게 묻는다. 당신은 당신 안에 깊숙이 숨겨진 강력한 힘을 믿는가. 당신은 그 누구의 힘도 빌리지 않고 오직 자기 안의 힘으로 세상을 바꿀 용기가 있는가.

『데미안』을 통해 질문을 멈추지 않는 압락사스의 찬란한 눈빛은 내게 자꾸만 더 많은 것을, 더 어려운 미션을 요구한다. 너는 더 강하게 너 자신을 한계상황으로 몰아붙여야 한다. 지금 너는 너무도 편안한 일상에 안주하고 있다. 어쩌면 나는 알에서 이미 깨어났는데도, 이미 알껍데기조차 다 말라버렸는데도 '아직 날아오를 준비가 안 되었어' 하며 어리광을 부리고 있는지도 모른다. 데미안과 싱클레어는 이제 환상의 멜로디를 연주하는 영혼의 듀오가 되어 내 지친 영혼을 향해 귓속말을 한다. 바로 지금이야. 바로 지금 날아오를 수 있어. 매일 '준비'만 하는 삶이 지겹지도 않니? 지금이 바로 네 안의 가장 좋은 힘, 가장 강렬하고 아름다운 에너지를 끌어모아 영혼의 비상을 시작할 때야.

'나' 바깥에서 나를 바라보는 자유
싯 다 르 타

우리와 똑같은 불안과 고독에서

이 이야기는 한 인간의 마음속에서 일어난 신비가 인류의 역사를 뒤흔드는 거대한 믿음을 탄생시키기까지의 장대한 여정을 그리고 있다. 이 이야기는 위대한 믿음의 뿌리에 가혹한 불신이 가로놓여 있을 수도 있다는 역설을 보여주기도 한다. 누구나 깨달음을 얻을 수 있다는 믿음이 탄생하기까지 싯다르타는 혹독한 불신의 심연 속에서 고통을 견뎌야 했다. 위대한 인간 싯다르타의 여정은 이렇게 한 오라기의 의심에서 시작되었다. 나는 헤세의 『싯다르타』를 읽으며 믿음을 추구하지만, 다른 한편으로는 그 어떤 것도 믿을 수 없는 인간의 불안과 고독을 만났다. 나는 『싯다르타』를 읽기 전에 고요하고 신비로운 깨달음의 이야기를 상상했다. 하지만 정작 내가 맞닥뜨린 것은 우리와 똑같은 의심과 불안과 회의에서 출발한 한 인간의 뜨거운 고뇌였다. 싯다르타는 자신이 누릴 수 있었던 모든 부귀영화를 버리고, 예정된 왕의 자리는 물론 사랑하는 가족까지 버리고, 모든 것을 던져 '의심의 여정'을 시작한 것이다. 이것은 물론 헤세의 눈에 비친 싯다르타, 소설가의 눈에 비친 현인의 마음 풍경이다. 헤세가 그린 싯다르타는 어디까지나 '고뇌하는 한 인간'으로서의 싯다르타였다.

모두가 싯다르타를 사랑하였다. 모든 사람에게 그는 기쁨을 주었으며, 모든 사람에게 그는 즐거움의 원천이 되었다. 그렇지만 싯다르타 자신은 스스로에게는 기쁨을 주지 못하였으며 스스로에게는 즐거움의 원천이 되지도 못하였다. (……) 싯다르타는 내면에 불만의 싹을 키우기 시작하였다. 그는 아버지나 어머니의 사랑, 또한 친구인 고빈다의 사랑도 언제나 그리고 영원토록 자신을 행복하게 하여주지도, 자신을 달래주지도, 자신을 흡족하게 하여주지도, 자신을 만족시켜주지도 못하리라는 것을 느끼기 시작하였다. 그는, 존경할 만한 아버지와 그 밖의 여러 스승들, 즉 지혜로운 바라문들이 자기에게 그들이 갖고 있는 최고의 지혜를 대부분 전달하였으며, 그들의 풍부한 지식을 자기가 기대하고 있는 그릇 속에 어쩌면 이미 다 부어 넣었는데도 그 그릇은 가득 차지 않았고, 정신은 만족을 얻지 못하였으며, 영혼은 안정을 얻지 못하고, 마음은 진정되어 있지 않다는 것을 어렴풋

이 느끼기 시작하였다.*(14~15쪽)

　　모두가 사랑한 싯다르타. 한 사회에서 최고의 위치에 있었던 그가 모든 것을 버리고 고행의 길을 떠났던 이유는 무엇일까. 그가 겪었던 고통의 원인은 오직 마음속에 있었던 것이 아닐까. 융은 『심리학과 종교(Psychology and Religion)』에서 신경증의 원인이 심리적인 상처로 인한 것임을 다각도에서 밝히고 있다. 39도의 히스테리성 열로 고생하던 환자는 융에게 히스테리의 원인이 되고 있는 심리적 사실을 고백함으로써 불과 몇 분 후에 치유되었다. 어떤 심리적 고뇌는 토론만으로도 깊은 영향을 받을 수 있고 어떤 육체적인 질병은 대화만으로 치유되는 이유를 어떻게 설명할 수 있을까. 융의 어떤 환자는 온몸에 마른버짐이 번지는 심각한 피부 질환에 걸려 있었는데 몇 주 동안의 심리 치료를 받은 후에 90퍼센트 이상 치료되었다고 한다. 어떤 환자는 대장 확장을 위한 수술 때문에 약 40센티미터 정도의 대장을 도려냈는데도 상태가 악화되어 재수술이 불가피했다. 그런데 융은 환자와의 대화를 통해 내밀한 심리적 사실을 알아냈고 그 비밀이 밝혀지자마자 대장은 정상적인 기능을 회복했다고 한다. 융은 다양한 연

---

*　　헤르만 헤세, 『싯다르타』, 박병덕 옮김, 민음사. (이하 인용 뒤에는 쪽수만 표기)

구 속에서 '심혼(psyche)'의 존재를 간접적으로 증명할 수 있는 사례를 무수히 들려준다. 그는 말한다. 공상 역시 현실적인 존재이며 물질적인 조건과 똑같이 현실적이고, 해롭고, 위험하기까지 하다고. "나는 심리적인 장애는 유행병이나 지진보다도 더 위험하다고 생각하고 있습니다."

우리의 마음에는 도대체 어떤 물음표들이 숨어 있는 것일까? 아무런 문제가 없어 보임에도 자기가 가진 모든 것을 버리고 떠나게 만드는 한 사람의 마음속에는 어떤 비밀이 숨어 있었을까? 싯다르타와 융과 헤르만 헤세의 과제는 같다. 마음의 중심에는 무엇이 있는가? 진리도, 깨달음도, 믿음도, 의심도, 불안도, 희망도, 분노도, 마치 한 몸처럼 숨 쉬고 있는 복잡다단한 마음속에는 어떤 깨달음의 열쇠가 숨어 있는 걸까? 싯다르타는 의문을 던진다. 세상을 창조한 것은 무엇일까? 신들을 위해 갖은 제사를 지내고 희생 제물을 바치는 인간의 행위가 과연 행복을 유지해줄 수 있을까? 그것들이 신들과 무슨 상관이 있을까? 그의 질문은 신의 유일성과 신의 존재 자체를 의문에 부친다. "너와 나와 마찬가지로 신들 역시 창조된, 시간에 예속되어 있는, 덧없는 피조물들은 아닐까?"

싯다르타를 아는 모든 사람은 그 때문에 즐거움을 느꼈으나, 정작 싯다르타는 자신을 즐겁게 하는 법을 몰랐다. 인간사의 쾌락에서는 진정한 기쁨을 느끼지 못했던 것이다. 앎의 즐거움,

깨달음의 희열만이 그가 추구하는 모든 것이었다. 그는 먹고, 자고, 사랑하고, 미워하고, 기대하고, 실망하는 인간사의 보편적인 욕망 속에서는 배울 것이 없다고 보았다. 세속의 쾌락은 오히려 그의 절망을 가중시켰다. 인간은 왜 순간의 쾌락을 위하여 진정한 깨달음의 기회를 놓치는가. 욕망, 기억, 감각. 바로 이런 것들 때문에 인간은 평생 자신의 한계를 벗어나지 못하는 것이 아닌가. 싯다르타는 최고의 스승을 만나 자기 초탈의 수련을 통해 바로 그 모든 욕망의 기원인 자아로부터 벗어나려 한다. 그는 자신의 감각을 죽이고, 기억을 죽이고, 마침내 육체의 욕망마저 죽이는 데 성공한 것처럼 보인다.

싯다르타는 스승이 가르쳐주는 자기 초탈의 수련법을 마치고 난 후에도 여전히 갈증을 느낀다. 오히려 출가하기 전보다 더 심한 목마름을 느낀다. 그는 자아를 초탈하여 다른 존재가 되어보기도 하고, 자아를 넘어선 비아(非我)의 경지를 자유롭게 넘나들기도 한다. 그러나 그 모든 사유의 모험을 끝내고 나면 여전히 자아로 돌아오는 자신을 발견한다. 아무리 기를 쓰고 수련을 해도 자아로 되돌아오는 윤회의 업보를 벗어날 수 없었던 것이다. 나는 왜 나일 수밖에 없는가. 왜 아무리 나를 떠나도 또다시 모든 것을 의심하는 나로 되돌아오는가. 융이라면 '자아의 확실성'이라는 이런 믿음 자체를 의심하지 않았을까. 융은 『무의식의 분석』에서 이렇게 말한다. "인간은 누구나 자신이 자기 영혼의 주인이라고 믿고 싶어 한다. 그러나 자기의 기분이나 정동(情動)을 제어하지 못하는 한, 무의식적인 요인이 계획이나 결정 속에 몰래 들어올 때의 여러 가지 은밀한 방법에 대해 의식하지 못하는 한, 인간은 확실히 자기 자신의 주인은 아닌 것이다." 싯다르타는 아직 제어할 수 없는 자아, 꿰뚫어 볼 수 없는 자아, 즉 무의식과의 완전한 만남에 도달하지 못했던 것이 아닐까.

수천 번이나 그는 자기 자신의 자아를 떠났으며, 몇 시간이고 며칠이고 비아의 경지에 머물렀다. 그러나 그러한 길들은 비록 자아로부터 멀리 떨어진 곳으로 통하기는 하지만 그 끝은 언제나 자기 자신으로 되돌아오는 그런 길들이었다. 싯다르타는 수천 번씩이나 자아로부터 도망쳐 나와서, 무(無)의 세계 속에 잠시 머물러보기도 하고, 짐승 속에 또는 돌 속에 잠시 머물러보기도 하였지만, 자아로 되돌아오는 길은 도저히 피할 도리가 없었으며, 시간의 속박으로부터 도무지 빠져나올 수가 없었으니, 그도 그럴 것이, 그는 햇빛 속에서도, 달빛 속에서도, 그늘 속에서도, 또는 빗속에서도 또다시 자기 자신을 발견하였고 또다시 자아가, 싯다르타가 되어 있었으며 또 다른 고통스런 윤회의 업보를 느꼈기 때문이다.(30~31쪽)

싯다르타는 의문에 빠진다. 어떻게 하면 '나는 나 자신에서 벗어날 수 없다'는 주술에서 빠져나갈 수 있을까. 온갖 종류의 자아를 잃어버리는 법은 사실 수련생활이 아닌 일상생활에서도 연마할 수 있는 게 아닐까. 이런 것들은 거리의 술집에 모여있는 창녀들이나, 마부들과 주사위 도박꾼들한테서도 충분히 배울 수 있는 것이 아닐까. 술을 마시거나 약에 취해도 자기 초탈은 가능해지지 않는가? 왜 이렇게 어려운 방법으로 자기 초탈의 수련을 계속해야 한단 말인가? 그렇다고 과연 깨달음의 길에 도달할 수 있단 말인가? 그는 오랜 벗 고빈다에게 고민을 털어놓는다. 친구여, 우리가 과연 올바른 길을 걷고는 있는 것일까? 우리가 해탈의 경지에 접근하고는 있는 것일까? 윤회에서 벗어나기를 아무리 상상해도 우리는 혹시 윤회의 수레바퀴를 벗어나지 못한 채 그 안에서 영영 맴돌고 있는 것은 아닐까?

마음의 학교

『싯다르타』에는 두 명의 싯다르타가 등장한다. 한 사람은 우리가 잘 알고 있는 실제 인물 고타마 붓다. 한 사람은 깨달음의 길을 찾아 끝없이 방랑하는 이야기의 주인공 싯다르타. 이 이야기의 주인공은 깨달음을 완성한 실존 인물 싯다르타가 아니라 헤르만 헤세가 창조한 싯다르타다. 헤르만 헤세는 왜 동명이

인의 혼동을 감수하면서까지 두 명의 싯다르타를 등장시켰을까. 헤세가 원하는 것은 아마도 한 위대한 인물의 전기(biography)처럼 안정된 이야기가 아니라 완전한 개성화에 이르기 위해 끝없이 자신을 파괴하는 문제적 인물이 아니었을까. 이 소설 속의 싯다르타는 깨달음의 탄탄대로를 걷지 않는다. 끊임없이 의심하고, 좌절하고, 때로는 모든 것을 포기하려 한다. 무엇보다도 그는 배움의 가치를 의심한다. 배움에 모든 것을 걸고 출가까지 했으면서, 배움의 가치를 의심하는 그는 실제 부처가 설법을 펼친다는 소문을 들었을 때도 반신반의한다. 아마 나라도 싯다르타처럼 의심했을 것이다. 아무리 부처라지만, 그가 고통받는 모든 사람에게 깨달음의 진리를 설파할 수 있을까. 부처를 만난다고 해서 부처의 깨달음까지 만날 수 있을까. 이렇듯 헤르만 헤세는 '실존하는 위대한 인물 싯다르타'가 아니라 독자가 얼마든지 감정이입할 수 있는 '고뇌하는 인간 싯다르타'를 통해 깨달음의 어려움을 더욱 실감 나게 그려낸 것이 아닐까.

융은 인간의 삶에 진정으로 필요한 네 가지로 신앙, 희망, 사랑, 그리고 인식을 들었다. 의사로서 그가 느낀 어려움은 이 네 가지 축복을 환자에게 선물할 만한 어떤 하나의 체계나 진리를 생각해낼 수 없다는 것이었다. 많은 사람들이 전력투구해도 얻기 힘든 이 네 가지 가장 고귀한 성과는 가르치거나 배울 수도, 주거나 받을 수도, 그냥 얻거나 벌어들일 수도 없는 은총이라는

책과 의자(Stuhl mit Büchern, 1921)

것이다. 융은 신경증을 앓고 있는 환자에게 가장 필요한 것은 신약이나 첨단 이론이 아니라 자신의 무의식에 진정한 자극을 줄 수 있는 '체험'이라 믿었다. 의사는 어떻게 환자에게 약이나 치료가 아니라 '체험'이라는 처방을 내릴 수 있을까. 의사가 어떻게 체험 자체를 선물할 수 있을까. 융이 인류의 문화를 지탱하고 있는 각종 신화와 예술 작품에 뜨거운 관심을 가졌던 것도 바로 이 체험의 보물 창고로서의 각종 '이야기'가 지닌 심리학적 가치 때문이 아니었을까.

> 오 고빈다, 나는 '인간은 아무것도 배울 수 없다'는 사실을 알기 위하여 오랜 시간 노력하였지만 아직도 그 일을 마무리 짓지 못하고 있어. 우리가 '배움'이라고 부르는 것은 사실상 존재하지 않는다고 생각해. 오, 친구, 존재하는 것은 오로지 앎뿐이며, 그것은 도처에 있고, 그것은 아트만이고, 그것은 나의 내면과 자네의 내면, 그리고 모든 존재의 내면에 있는 것이지. 그래서 난 이렇게 믿기 시작하였네. 알려고 하는 의지와 배움보다 더 사악한 앎의 적은 없다고 말이야.(35쪽)

싯다르타가 자신을 가르치고 있던 스승에게 실망하여 떠나고 싶어 할 때쯤 '진짜 부처가 나타났다'는 소문이 퍼진다. 싯다르타는 부처의 설법을 들으러 직접 가보자는 친구 고빈다의 청

을 달가워하지 않는다. '누가 누구에게서 배운다'는 관념 자체에
깊은 회의를 느꼈던 것이다. 싯다르타를 가르치던 스승도 모두
의 존경을 받는 위대한 현자였지만 싯다르타는 그에게서 아무것
도 배우지 못했다. 싯다르타는 남의 몸으로 체험하여 깨달은 지
식을 가만히 앉아서 쉽게 배울 수 있다고 생각하지 않았다. 배움
은 그렇게 쉽게 오는 것이 아니었다. 체험 또한 언어로 완전히
전달할 수 있는 것이 아니다. 떠나는 싯다르타를 보며 광분하는
스승을 버리고, 싯다르타는 부처를 만나러 떠난다. 부처는 과연
무언가를 깨달은 자에게서만 우러나오는 영혼의 빛을 온몸으로
뿜어내고 있었다.

　살아 있는 부처님, 고타마 싯다르타의 설법을 들으며 또 하
나의 싯다르타, 그리고 그의 친구 고빈다는 완전한 깨달음의 경
지를 목격한다. 고빈다는 완전히 매혹된다. 자신이 평생 동안 찾
아왔던 스승을 이제야 발견한 것이다. 고빈다는 당연히 싯다르
타가 자신과 함께 부처의 제자가 되리라 생각한다. 싯다르타가
그것을 거부하리라고는 상상도 못했다. 하지만 부처의 설법을
다 듣고 나서, 싯다르타는 고빈다에게 말한다. 자네는 반드시 성
불할 것이라고. '자네는'이라는 표현에 묻은 의미를 알아들은 고
빈다는 오열하고 만다. 싯다르타가 자신을 떠날 것임을 알았기
때문이다. 싯다르타는 부처의 가르침을 통해 자신에게 진정으로
필요한 것은 뛰어난 스승이 아님을 깨닫는다. 자신의 문제가 스

승의 부재 때문은 아니라는 사실을 알게 된 것이다. 부처는 최고의 가르침을 선사해주었고, 그 설법에는 부처가 생을 바쳐 도달해낸 뜨거운 진실이 들어 있었지만, 싯다르타는 '깨달은 사람' 곁에 있는 것이 반드시 깨달음의 첩경은 아니라고 생각한다. 자신에게는 다른 종류의 깨달음이, 다른 종류의 삶의 과정이 필요함을 뚜렷하게 인식한다.

융은 성인에게도 마음의 학교가 필요하다고 말한다. 그는 자신의 저서 곳곳에서 '자기 인식'의 중요성을 강조한다. 자신에 대한 인식 없이는 타인과의 의사소통이 불가능하다는 것을 누구나 인정함에도, 그 깊은 자기 인식을 향한 고난의 발걸음을 먼저 떼려는 사람은 아무도 없다고. 자기 인식이 과학기술로 해결되는 문제였다면 인간은 어떻게든 길을 발견했겠지만, 진정한 문제는 가장 중요한 것, 즉 인간의 심혼과 관계이기 때문에 선생이나 학교도 없고 교재나 강의도 없다고. 자기 인식의 커리큘럼 따위는 존재하지 않기 때문에 모두가 자기만의 방법으로 자기 인식에 이르러야 하는 것이다. 스승은 중요하지만 최종 단계의 자기 인식에서는 스승조차 버려야 하는 것이 아닐까.

고빈다를 떠나고, 부처를 떠남으로써, 싯다르타는 더욱 커다란 유혹에 직면한다. 죽마고우 고빈다가 곁에 있음으로써 그는 치명적인 유혹이나 심각한 타락으로부터 자신을 방어할 수 있었다. 최고의 스승을 만났는데, 깨달음의 길에 도달할 수 있는 가장 쉽고 빠른 길을 만났는데, 그는 왜 이 쉬운 길을 택하지 않는 것일까. 싯다르타는 머리에 불이 붙어 활활 타오른 채 연못을 찾는 심정으로 절실하게 깨달음을 구하고 있었기에 그 깨달음의 길이 결코 쉽지 않음을 알고 있었다. 깨달음은 깨달은 자를 통해 자연스럽게 전염되는 것이 아니었다. 나의 깨달음은 오직 나만이 개척할 수 있는, 아무도 가지 않은 길이어야 했다. 그는 최고의 스승을 눈앞에 두고서야 알게 되었다. 깨달은 자를 매일 본다고 해서 깨달음을 얻는 것은 아님을. 최후의 순간에 필요한 것은 스승이 아니라 고독한 자기 인식이므로.

도를 깨달은 부처님의 가르침은 많은 것을 내포하고 있으며, 많은 사람들에게 올바르게 살고 악은 피하라고 가르칩니다. 하지만 이토록 명백하고 이토록 존귀한 가르침이 빠뜨리고 있는 사실이 한 가지 있습니다. 세존께서 몸소 겪으셨던 것에 관한 비밀, 즉 수십만 명 가운데 혼자만 체험하셨던 그 비밀이 그 가르침 속에는 들어 있지 않다는 말입니다. 바로 이 점이, 제가 가르침을 들었을 때 생각하였고 깨달았던 점입니다. 이 점이 바로 제가 편력의 길을 계속하려는 이유입니다. 어떤 다른 가르침, 더 나은 가르침을 찾기 위하여 떠나는 것이 아닙니다. 어떤 다른 가르침, 더 나은 가르침이 없다는 것을 잘 알고 있습니다. 모든 가르침과 스승을 떠나서 홀로 목표에 도달하든가 아니면 죽든

가 하겠지요.(55쪽)

융은 뉴멕시코의 인디언들, 그중에서도 푸에블로 인디언을 찾아 여행을 떠난 적이 있다. 그는 처음으로 유럽인이 아닌 사람, 백인이 아닌 사람과 만나서 이야기를 나눌 '행운'을 누려보았다고 말한다. 그 사람은 타오스 푸에블로의 추장으로서, 그의 이름은 옥비에 비아노('산의 호수'라는 뜻)였다. 옥비에는 융에게 이렇게 말한다.

"백인들이 얼마나 사납게 생겼는지요. 그들의 입술은 얇고, 코는 날카롭고, 얼굴은 주름졌고, 눈은 완고한 눈초리를 하고 있소. 그들은 항상 뭔가를 찾고 있소. 무엇을 찾는 거지요? 또한 백인들은 항상 뭔가를 원하며 언제나 불안하고 차분하지 못하오. 우리는 그들이 무엇을 원하는지 모르오. 우리는 그들을 이해할 수 없소. 우리는 그들이 넋이 나간 사람들이라고 확신하오."
나는 그에게 왜 백인이 모두 넋이 나간 사람들이냐고 물었다. 그가 대답했다.
"그들은 머리로 생각한 것을 말하오."
나는 놀라서 물었다.
"그건 당연한 거 아닌가요? 당신은 어디서 생각하오?"
"우리는 여기서 생각하오."

그는 자신의 심장을 가리키며 대답했다. 나는 오래 생각에 잠겼다. 생전 처음으로 누군가가 진정한 백인의 모습을 나에게 묘사해준 셈이었다. 그것은 마치 내가 지금까지 단지 감정적으로 미화시킨 색채 인쇄만을 보아온 것 같은 느낌을 주었다. 이 인디언은 우리의 아픈 데를 찔렀으며 우리가 눈이 멀어 보지 못하는 부분을 건드렸다.*

인디언 추장은 백인들의 눈빛과 표정, 몸짓을 바라보며 자신들과 다른 것이 무엇인지를 정확히 포착해낸다. 끊임없이 분석하고, 계산하고, 비교하고, 경쟁하고, 쟁취하려는 문명인의 광기, 즉 합리주의라는 이름의 위험한 광기를 본 것이다. 융은 머리로 생각하는 것이 당연하다고 여겼지만, 인디언이 가슴으로, 심장으로, 온 마음으로 생각하는 모습을 보며 백인들의 합리주의가 얼마나 공허한지를 깨달았다. 만약 그가 '백인이 다른 인종보다 우월하다'는 편견에 빠져 있었다면, '머리'로 생각하는 것과 '가슴'으로 생각하는 것이 얼마나 다른 결과를 낳는지 이해하지 못했다면, 인디언과의 대화는 파국으로 치달았을 수도 있었다. 융은 인디언과의 만남을 통해 처음으로 나 바깥에서 나를 볼 수 있

---

*   칼 구스타프 융, 『기억, 꿈, 사상』, 조성기 옮김, 김영사, 2008, 443쪽.

는 자유를 누린 것이다. 그것은 아프지만 눈부신 자유, '나'라는 존재를 나 바깥에서 볼 수 있는 용기를 필요로 하는 자유였다.

싯다르타 또한 처음으로 '나 바깥에서 나를 보는 자유'를 누린다. 그러나 싯다르타에게 이것은 상상을 초월하는 고통이었다. 그는 모든 것을 버릴 수 있었지만 고빈다를 버린 적은 한 번도 없었으며, 고빈다가 늘 그림자처럼 붙어다녔기 때문에 진정으로 '혼자 있음'을 경험해본 적이 없었다. 그리고 그는 스스로 '깨달았다고 믿었지만 아직 깨닫지 못했던 그 무엇'을 깨닫게 된다. 자신은 어딜 가도 아버지의 아들이었고, 높은 신분의 바라문이었다. 자신이 원래 떠나온 자리에서 완전히 분리되지 않았음을 깨달았다. 그는 가족과 재산과 명예를 모두 버렸다고 믿었지만, 마음 깊은 곳에서는 속세에 대한 희미한 미련을 포기하지 못하고 있었다. 고빈다는 바로 그 속세와의 마지막 연결 고리였던 것이다. 그는 고빈다를 떠나자마자 뼈아프게 혼자라는 사실을 느낀다. 그는 부처를 떠남으로써 부처의 깨달음을 오히려 더 잘 이해하게 되었지만, 깨달음의 희열과 함께 외로움의 고통이 그를 사로잡았다.

도대체 가르침으로부터, 스승들한테서 내가 배우려고 하였던 것이 무엇이며, 너에게 많은 것을 가르쳐주었던 그들이 도저히 가르쳐줄 수 없었던 것이 무엇이지? (······) 나는 바로 자아의 의

미와 본질을 배우고자 하였던 것이다. 나는 바로 자아로부터 빠져나오려 하였던 것이며, 바로 그 자아를 극복하고자 하였던 것이다. 그러나 나는 그것을 극복할 수 없었고, 그것을 단지 기만할 수 있었을 뿐이고, 그것으로부터 단지 도망칠 수 있었을 뿐이며, 그것에 맞서지 못하고 단지 몸을 숨길 수 있을 따름이었다. (……) 나는 나를 너무 두려워하였으며, 나는 나로부터 도망을 치고 있었던 것이다!(60~61쪽)

나다운 어떤 것

고향을 떠나 3년 동안이나 수도자 생활을 했던 싯다르타는 이제 처음으로 그 혹독한 금욕의 공동체를 떠나 큰 도시로 왔다. 싯다르타는 수많은 사람들을 만나며 자신이 3년 동안 잃어버린 것이 무엇인지를 조금씩 깨닫는다. 고도의 추상적인 사유 속으로 자신의 모든 것을 던졌던 싯다르타. 그는 사람과 사람이 만나 소통하고, 사랑하고, 미워하고, 화해하는, 그 평범하지만 숭고한 생의 온기를 그리워한다. 한 발 더 나아가 아름다운 여인에 대한 갈망 또한 느끼기 시작한다. 아직 한 번도 여성과 육체적 관계를 맺어본 일이 없는 싯다르타는 아름다운 여인 카말라를 만난 후 이성에 대한 진지한 호기심을 느끼게 된다.

나는 이제 사문의 그 좁은 길을 떠나 이 도시로 왔는데, 이 도시에 발을 들여놓기 직전에 맨 처음 만난 사람이 바로 그대였소. 카말라여, 내가 그대에게 온 것은 이 말을 하기 위해서요. 그대는 싯다르타가 눈을 내리깔지 않고 말을 거는 최초의 여인이오. 앞으로는 행여 아름다운 여인을 만나는 일이 있더라도, 나는 결코 눈을 내리깔지 않을 것이오. (83쪽)

그런데 흥미롭게도 싯다르타는 카말라를 '사랑의 대상'이라기보다는 '배움의 대상'으로 생각한다. 장안의 유명한 기생이었던 카말라에게 '사랑의 기술'을 가르쳐달라고 부탁한 것이다. 세상 온갖 공부에 목마른 그에게는 사랑의 기술마저 배우고 깨달아야 할 지혜의 일종으로 비쳤다. "카말라여, 그대에게 나의 친구가, 나의 스승이 되어달라고 부탁하는 바이오. 나는 그대가 도통한 그런 방면의 기술에는 아직 아무것도 아는 바가 없기 때문이오." 카말라는 거지와 다를 바 없는 초라한 행색의 남자가 다짜고짜 자신에게 '스승이 되어달라'고 하니 어처구니가 없었지만, 동시에 호기심도 생겼다. 그녀를 찾아오는 남자들은 하나같이 그녀의 육체를 욕망의 대상으로 여겼다. 금은보화로 그녀의 환심을 사서 결국 그녀와 하룻밤을 보내는 것이 흔해빠진 남자들의 유혹 방식이었다. 하지만 싯다르타는 카말라를 완전한 인격체로 대접했다. 모두가 유혹의 대상으로 생각하는 그녀를 배움의 대상으로 우러러보며 스승으로 삼고자 한다. 이런 싯다르타의 진솔한 모습에 내심 감동한 카말라는 그에게 진심으로 충고한다. 자신을 찾아오는 남자들은 아름다운 옷을 입고, 멋진 신발을 신고, 지갑에는 돈을 두둑이 넣어 가지고 온다고. 당신처럼 아무런 준비 없이, 가진 것이라고는 오직 몸뿐인 사람들은 자신의 사랑을 얻을 자격이 없다고. 그러자 싯다르타는 순진하게도 카말라에게 묻는다. 어떻게 하면 돈을 벌 수 있느냐고. 그러자 카말라는 '할 줄 아는 일'이 뭐냐고 되묻는다. 이에 대한 싯다르타의 대답이 참으로 해맑기 그지없다. "나는 사색할 줄을 아오. 나는 기다릴 줄을 아오. 나는 단식할 줄을 아오."

사색하기, 기다리기, 단식하기. 끊임없이 자신의 욕망을 미루고, 끊어내고, 부정함으로써 그는 세상을 향한 집착에서 해방되는 법을 배웠다. 그는 그렇게 세상과 멀어졌으며, 세상을 멀리서 관조하는 법을 통해 자신의 내면을 단련해왔다. 하지만 그런 지혜로는 돈을 벌 수 없다는 것조차 그는 모른다. '돈을 벌어야 한다'는 생각조차 완전히 잊고 살았던 것이다. 기가 막힌 카말라는 싯다르타에게 묻는다. 정말 그것밖에 할 줄 아는 것이 없느냐고. 그러자 싯다르타는 말한다. 시를 지을 줄은 안다고. 자신이 아름다운 시를 지어준다면 입맞춤을 해줄 수 있느냐고. 카말라는 '시가 마음에 든다면'이라는 단서를 붙인다. 싯다르타의 꾸밈없는 마음이 빚어낸 아름다운 사랑의 즉흥시는 기어이 그녀를

감동시키고, 그녀의 입맞춤은 한 번도 여자와 키스를 해본 적 없
는 순진한 싯다르타의 마음을 완전히 빼앗고 만다. 가족과 친구
외에, 그리고 배움과 수행 외에 처음으로 애착의 대상을 가지게
된 것이다. 사랑이 인간에게 가장 끔찍한 번뇌의 근원이라는 것
을 순진한 싯다르타는 아직 몰랐던 것일까. 그는 투우사에게 돌
진하는 소처럼 그렇게 사랑을 향해, 아름다운 여인을 향해 돌진
한다.

> 사랑에는 아직도 여전히 어린아이에 불과한 그에게, 맹목적이고
> 도 물릴 줄을 모른 채 마치 바닥이 없는 심연 속으로 뛰어들 듯
> 쾌락의 늪 속으로 뛰어드는 그에게, 그녀는 근본부터 다음과 같
> 은 내용을 가르쳐주었다. 사람은 누구나 쾌락을 주지 않고서는
> 받을 수 없으며, 몸짓 하나하나, 어루만짐 하나하나, 접촉 하나
> 하나, 눈길 하나하나가 모두 제각기 비밀을 지니고 있으며, 인체
> 의 아무리 사소한 부분이라 하더라도 각기 나름대로 비밀을 지
> 니고 있다는 것, 그리고 그 비밀은 자극받아 깨어나면 그 비밀을
> 아는 사람에게 아무 때라도 행복감을 안겨줄 준비가 되어 있다
> 는 것이었다. (99쪽)

나와 다른 사람 사이의 '차이'를 만들어주는 것은 무엇일까.
이름이나 외모처럼 겉으로 보이는 차이가 아니라, 누구도 흉내

낼 수 없는 내면의 차이를 만들어내는 것은 무엇일까. 융은 어린 시절부터 '자기'라는 수수께끼를 향해 끝없는 질문을 던졌고, '자기다움'을 만들어내는 실체를 향해 한 발 한 발 다가서는 것이 인생의 여정임을 깨달았다. 그 '자기'를 발견하기 위한 여정에서 결정적인 전환점이 바로 프로이트와의 만남이었다. 리비도(libido)를 성적인 에너지로 환원시킨 프로이트와 달리, 융은 성적인 욕구로 단순하게 환원될 수 없는 인간 심리의 복잡다단한 에너지 흐름을 탐구하고 싶었다. 융은 스스로에게 가장 곤란한 질문을 던졌다. "나는 프로이트와 어떻게 다른가? 우리의 견해에는 어떤 차이가 있는가?" 그는 이 난해한 질문에 대답하는 과정에서 아버지처럼 존경하고 따르던 프로이트와의 고통스러운 결별을 받아들인다. 융에게 리비도는 더 이상 허기 본능, 공격 본능, 성적 본능 등으로 환원될 수 없었다. 그는 이 모든 현상을 '정신적 에너지의 다채로운 표현'으로 보려 했다. 리비도를 성적 욕구로 단순화시켰던 프로이트와 달리, 융은 리비도를 매우 중립적인 에너지의 흐름, 그러니까 어떤 욕망으로 쓰일지 처음부터 결정되지 않는 본원적인 에너지의 흐름으로 보았던 것이다.

자기를 찾는 최고의 방법은 바로 수많은 사람들이 얽혀 살아가는 북적북적한 세속의 틈바구니에 자신을 내던져보는 것이다. 융은 수없이 여행을 떠나면서, 강연을 하고 책을 쓰고 논문을 쓰면서 자신과 다른 사람들을 만나보았고, 그 혼란의 틈새에

—
포도밭길(Weg im Weinberg, 1922)

서 가장 자기다운 어떤 것을 발견해냈다. 싯다르타 또한 '나와 너무도 다른 사람들' 사이에 자신을 두려움 없이 내던짐으로써 '나다운 어떤 것'을 찾아갔다. 모든 욕망을 거세하고 오직 영적 탐구에만 생을 바치는 사문들의 삶과 달리, 하루하루 조변석개하는 희망에 생을 거는 사람들, 매일 달라지는 세상의 작은 차이에 일희일비하는 사람들의 세계에 자신을 던진 것이다. 카말라에게 '사랑의 기술'을 배웠다면, 그녀에게 '사랑의 수업료'로 바칠 돈을 벌기 위해 만난 수많은 사람들에게는 생존의 기술, 경쟁의 기술, 인생의 기술을 배운다. 그런데 이 살아 있는 인생 수업에는 커다란 대가가 기다리고 있었다. 세속적인 세계에서 통용되는 게임의 법칙에 능숙해질수록 그는 자신이 원래 바라던 세계, 즉 깨달음의 세계, 영적인 세계와 멀어질 위험에 처할 수밖에 없었던 것이다.

오랫동안 싯다르타는 속세의 삶, 쾌락의 삶을 살았으나, 그런 삶에 완전히 빠져들어 동화된 것은 아니었다. 격렬한 사문 시절에 억눌렸던 관능이 다시금 눈을 뜨고 깨어났으며, 그는 부유함을 맛보았으며, 환락을 맛보았으며, 권력을 맛보았다. 그렇지만 오랫동안 마음속으로는 여전히 사문으로 머물러 있었으니, 이러한 사실을 그 영리한 여자 카말라가 제대로 알아차렸던 것이다.(111쪽)

융이 당시에 결코 유망한 학문이 아니었던 정신의학에 관심을 가지게 된 계기는 책을 통해서였다. 그는 의사가 되기 위한 국가고시를 준비할 때도 정신의학 교과서는 맨 마지막에 손을 델 만큼 정신의학에는 도통 관심이 없었다. 그 무렵 의학계에서는 정신의학이 매우 인기 없는 학문이었다. 정신 병동은 나환자 수용소와 마찬가지로 도시에서 먼 곳에 격리되어 있으며, 그쪽으로는 아무도 깊은 관심을 가지려 하지 않았다. 어둠의 영역으로, 미지의 영역으로 남아 있던 정신의학에 대해 융은 이렇게 묘사한다. "정신병은 절망적이며 치명적인 일이었는데 그 그림자가 정신의학에도 드리워져 있었다." 융은 리하르트 폰 크라프트에빙(Richard von Kraft-Ebing)의 정신의학 교과서 서문을 읽으며 다음과 같은 대목을 발견한다. "정신의학 교과서들이 다소 주관적인 특색을 띠는 것은 아마도 그 분야의 특이성과 학문 형성의 불완전성에 기인하고 있을 것이다." 저자는 정신병을 '인격의 병'이라 일컫고 있었고, 이 짧은 서문이 융의 인생을 극적으로 바꿔놓는다. 그는 항상 자연에 대한 본능적인 관심과 인간 심리의 복잡성에 대한 비밀스러운 관심을 동시에 가지고 있었는데, 그 두 가지 관심을 통합시켜줄 학문이 정신의학이 될 수 있음을 본능적으로 포착했던 것이다.

그때 갑자기 가슴이 격렬하게 두근거렸다. 나는 자리에서 일어나 심호흡을 하지 않으면 안 되었다. 나는 몹시 흥분한 상태였다. 왜냐하면 나에게 정신의학 외에는 다른 목표가 있을 수 없다는 것을 전격적으로 계시처럼 깨달았기 때문이었다. 정신의학에서만, 내가 관심을 가지고 있는 두 흐름이 합류하여 그 합해진 물의 힘으로 스스로 물길을 내어 흘러갈 수 있을 것이었다. 여기에 내가 사방으로 찾아 헤매었으나 발견하지 못했던, 생물학적 사실과 정신적 사실에 관한 공동 경험의 장이 있었다. 정신의학은 자연과 정신의 충돌이 실제 사건이 되는 결정적인 분야인 셈이다.*

융이 정신의학을 택하겠다는 결정을 주변 사람들에게 알렸을 때, 다들 실망과 놀라움을 감추지 못한다. 주변 사람들 모두가 의아해하며 최고의 수재였던 융이 그런 '비인기 학문'을 택하는 것을 이해하지 못한다. 내과 의사로 출세할 수 있는 기회가 코앞에 있는데도, 정신의학 같은 '하찮은 것'에 마음이 끌리는 그를 아무도 이해하지 못했던 것이다. 융은 다른 사람들과 동떨어져서 혼자만의 세계에 갇히는 느낌을 아주 어렸을 적부터 뼈저리게 느껴봤기에 그 소외의 고통이 얼마나 끔찍한 것인지를 알

---

* 칼 구스타프 융, 『기억, 꿈, 사상』, 조성기 옮김, 김영사, 2008, 210쪽.

고 있었다. 하지만 남들과 달라 보이기 싫어 일부러 연기를 했던 어린 시절의 융과 달리, 이제 어른이 된 융은 타인의 냉정한 시선을 견뎌낼 강인한 내면의 빛을 지니고 있었다. 이제 누구도 그의 결심에 훼방을 놓을 수 없었다. 그의 마음 깊숙한 곳에서 각기 다른 방향으로 흘러가던 두 개의 강물(생물학적 사실에 대한 관심과 정신과 내면에 대한 관심)이 이제야 합류하여 진정한 자신의 길을 찾은 것이다.

한편, 싯다르타는 아직 마음속에 흐르고 있는 두 개의 강물을 다스릴 힘을 찾지 못했다. 세속의 삶을 향해 무한히 뻗어나가는 인간적 관심, 그리고 영적 깨달음을 향해 무한히 열려 있는 내면세계를 향한 관심. 싯다르타는 한쪽을 택하면 다른 한쪽을 잊지 못했고, 두 가지 모두를 택하기엔 아직 영혼의 균형 감각이 부족했다. 그는 세속적인 삶을 택한 초기에는 기다림과 사색과 단식의 기술을 변함없이 유지하며 '사문의 삶'을 버리지 않지만, 점점 세속의 쾌락과 탐욕에 이끌려 자신이 원래 어떤 사람이었는지조차 잊어버리게 된다. 마침내 그는 도박에 중독되며 그 불안과 초조를 병적으로 즐기는 극단적인 상황으로 치닫는다.

그는 불안감, 그러니까 주사위 노름을 하는 동안, 그리고 막대한 판돈 때문에 걱정하는 동안 가슴을 죄는 듯한 두려운 불안감, 바로 그 불안감을 사랑하였으며, 언제나 그 불안감을 새롭게 살려

내려고 하였으며, 언제나 그 불안감을 고조시키려고 하였으며, 그 불안감이 주는 자극을 점점 높이려고 하였다. 왜냐하면 지겨울 정도로 물려버린 미지근하고 맥 빠진 자신의 삶에서 그러한 감정 속에라도 빠져야만 그나마 자신이 행복 같은 어떤 것, 도취 같은 어떤 것, 고양된 삶 같은 어떤 것을 느낄 수 있었기 때문이다.(117쪽)

아이들이 인형을 가지고 노는 데는 중요한 심리학적 동인이 있다. 아이들은 인형을 제2의 자아로 취급한다. 자신의 좌절된 꿈과 희망을 그 인형 속에 투사하여 봉인시키는 것이다. 그 인형이 무사하면 아무리 외적으로 힘든 상황이 닥쳐와도 '나는 괜찮다'고 생각하는 것, 그것이 제2의 인격 또는 또 다른 자아인 얼터 에고가 지닌 힘이다. '제2의 인격'이라는 대목은 융 심리학에서 매우 중요하다. 어린 시절의 융 또한 혼자만 간직하던 인형이 있었다. 융은 필통을 인형의 침대로, 문구용 자를 인형으로 만든 다음 아무도 올라가지 않는 비밀의 다락방에 숨겼다. 부모님의 불화, 권위적인 아버지와 자신의 불화, 결혼 생활에 실망한 어머니의 우울, 선생님이나 친구들 앞에서 솔직한 모습을 보일 수 없는 스스로의 특별함에 대한 자각. 융은 이 모든 것과 불화했지만, 자신도 모르는 강한 힘에 이끌려 인형의 집을 만든 이후 정서적 안정감을 얻게 된다.

융은 아무도 모르는 곳에 인형을 숨겨놓고 비밀스러운 편지를 써서 인형에게 전달하는 자기만의 의식을 주관했다. 어린 융이 고안해낸 비밀 문자로 쓴 편지였다. 어른들은 모르는 자기만의 이야기. 이 인형에게 이 비밀문서를 전달하면 아무도 자기 마음의 비밀을 알 수 없되 자신은 그 비밀을 무사히 지킬 수 있다는 안도감이 밀려왔다. 그 은밀한 안도감이 어린 융의 불안한 마음에 기이한 평화를 가져다준다. 소년은 이 편지들이 인형에게 일종의 도서관이었다고 믿는다. 융의 '의식'에서 마음에 드는 문장들을 그의 '무의식'에 전달해주고 싶은 본능이었을 것이다. "그것은 결코 누설되어서는 안 되는 신성불가침의 비밀이었다. 왜냐하면 나의 자신감이 그 비밀에 의지하고 있었기 때문이다."

싯다르타의 무의식 또한 자신도 모르는 분신을 키운다. 싯다르타는 꿈속에서 작은 새를 만나고, 그것이 카말라가 키우고 있는 아름다운 새임을 알게 된다. 꿈속에서 그 새는 어느새 죽어 있었다. 그 작고 아름다운 새가 죽어 있다는 사실에 꿈속의 싯다르타는 놀라지 않는다. 그런데 꿈속의 자신이 죽어버린 그 새를 땅바닥에 휙 내던지는 순간, 그 새가 더 이상 자기 곁에 있지 않다는 사실을 깨닫는다. 그제야 싯다르타는 설명할 수 없는 아픔을 느낀다. 자신의 분신처럼 소중히 다루어오던 그 무엇, 내면의 요새에 보물처럼 보관해두고 아끼고 사랑해오던 그 무엇을 잃어버린 느낌. 그것은 싯다르타가 부자가 되기 위해, 세속의 광풍에 휩쓸리던 시간 동안 미처 돌보지 못한 또 다른 자아였다.

바로 그날 밤 싯다르타는 자신의 정원을 떠났으며, 그 도시를 떠났으며, 그 후 다시는 되돌아오지 않았다. (……) 카말라는 싯다르타가 사라져버렸다는 소리를 들었을 때 놀라지 않았다. 그녀는 그런 일을 항상 기다려오지 않았던가? 그는 사문이며, 집 없는 떠돌이이며, 순례자가 아니던가? 그녀는 그와 마지막으로 만났을 때 이런 사실을 가장 뼈저리게 실감하였다. 그녀는, 이 상실의 고통 한가운데서도, 자기가 그를 마지막으로 만났을 때 그를 정말 그토록 진정에서 우러나오는 애정으로 자기 가슴에다 끌어안았다는 사실을 떠올리며, 그리고 자신을 다시 한 번 그토록 남김없이 그에게 바쳐서 자신을 온통 독차지하도록 하였으며 자신의 머릿속이 온통 그에 대한 생각으로 가득 차 있다는 느낌을 받았던 사실을 그나마 다행스럽게 여겼다.(126쪽)

깨달음의 나무

융 심리학의 커다란 전제 중 하나는 '무의식이 상상 이상으로 의식에게 협조적'이라는 것이다. 히스테리나 발작처럼 부정적인 방식으로 신호를 보내는 것조차 결국에는 '의식'을 향한 무의식의 표현이고, 그것은 더 큰 깨달음을 전달해주기 위한 방책이라고 할 수 있다. 매우 병리적인 형태로 무의식의 메시지가 의식을 괴롭히기 전에, 자신의 무의식과 건강하게 대화할 수 있는 가장 일상적인 방식이 바로 스스로의 꿈을 분석하는 것이다. 전 세계의 문학작품 속에 꿈 장면이 그토록 많이 나타나는 이유도 꿈이 지닌 이 대화적 특질 때문일 것이다. 꿈은 무의식과 의식이 은밀하게 만나 서로의 결핍과 이상을 털어놓는 대화의 장이다. 수많은 소설가들이 '꿈'의 징후를 예리하게 포착해내는 장면을 쓰는 것도 소설가의 '무의식'이 꿈의 중요성을 인정하기 때문이 아닐까.

『싯다르타』에서도 꿈의 상징성은 매우 중요하다. 카말라가 키우던 아름다운 새는 싯다르타의 분신이며, 실제로 카말라가 배 속에서 키우고 있던 싯다르타의 아이를 상징하기도 한다. 아들의 탄생 소식을 듣고도 흔들림 없이 정진했던 역사 속의 고타마 싯다르타와 달리, 헤르만 헤세의 싯다르타는 아들의 소식을 듣고 괴로워하게 될 것이다. 오히려 어린 시절부터 지나치게 총명하여 누구도 그를 가르칠 수 없었던 '신성한 인간' 싯다르타는 카말라와의 연애와 아들의 탄생을 통해 '세속의 질서'를 깊이 깨달을 수 있는 기회를 가지게 된다. 만약 '성(聖)'의 세계에만 갇혀 '속(俗)'의 지혜를 깨닫지 못했다면 싯다르타는 반쪽짜리 깨달음으로 끝내 불도를 깨우치지 못했을지도 모른다. 세속의 광풍에 이리 쓸리고 저리 쓸리다 비로소 '마음속 어린 새의 죽음'을 꿈에서 목격한 싯다르타는 드디어 길을 떠나 깨달음의 세계로, 성스러운 세계로 재진입하게 된다.

'의식' 속에서 자신이 얼마나 오랜 세월 세속의 유혹과 광기와 사치로 인생을 탕진하고 있었는지 뼈아프게 깨달은 싯다르타는 극심한 허무와 절망감으로 차라리 목숨을 끊어버리고 싶은 상태에 도달한다. 깨달음을 얻기 위해 부모님의 기대를 저버리고 출가하던 그날보다 그의 의식은 훨씬 지치고, 아프고, 슬픈 상태였지만, 무의식의 바다는 이미 더 깊고 따스한 깨달음의 파도로 물결치고 있었다. '의식의 싯다르타'가 자살을 결행하려 할 때, '무의식의 싯다르타'는 '옴'이라는 신비의 소리를 내보내 의식을 각성시킨다. 옴, 그것은 완전한 것, 완성을 뜻하는 성스러운 단어였다. 헤세는 이 소리를 '영혼의 후미진 곳'에서 들려오는 알 수 없는 음악 소리처럼 그려낸다. 자신도 모르게 '옴'이라는 소리를 발음한 싯다르타는 금세 자신의 자살 시도가 얼마나 어리석은 것인지를 깨닫게 된다. 모든 바라문들이 기도를 시작하는 말이자 마치는 말, 옴. 그것은 무의식이 의식을 향해 보내는 간절한 구원의 목소리였다. 싯다르타의 지혜로운 무의식이 그의 어리석은 의식을 끝내 구원한 것이다.

바로 그때, 그의 영혼의 후미진 곳에서, 지칠 대로 지친 삶의 과

거로부터 어떤 소리가 경련하듯 부르르 떨며 울려왔다. 그것은 한 음절로 된 한마디의 말이었는데, 그는 아무 생각 없이 그냥 혼잣말로 웅얼거리듯 그 말을 내뱉었다. 그것은 모든 바라문들이 기도를 시작하는 말이자 마치는 말로서, '완전한 것'이나 '완성'을 뜻하는 성스러운 '옴'이었다. 그리고 그 '옴'이라는 소리가 싯다르타의 귓전을 울리는 바로 그 순간, 깊이 잠들어 있던 그의 정신이 갑자기 눈을 뜨고 자신의 행위가 어리석은 짓이라는 것을 깨달았다.(130쪽)

싯다르타가 죽음을 결심하고 강물에 자기 자신을 비춰보는 순간, 놀라운 변화가 일어난다. 이제 모든 것이 끝났다고 생각한 순간, 남아 있는 것은 오직 끝없는 추락밖에 없다고 생각한 순간, 내면의 기적이 일어난다. 물에 자신을 비춰봄으로써 싯다르타는 자신의 진정한 자아, 무의식의 전체성과 조우한 것이다. 성공한 장사꾼이라는 가면에 가린 진짜 자아, 여전히 깨달음의 길을 찾고 있는 변함없는 수행자의 모습. 그것은 고통스러운 자기 확인인 동시에 결코 부끄럽지 않은 자신과의 만남이다. 그의 무의식은 사치와 도박을 일삼는 장사꾼이 되어버린 한 세속의 남자를 진정으로 부끄러워하고 있었으며, 가여워하고 있었다. 싯다르타가 얼굴을 비춰본 물은 무의식을 비춰보는 거울이 되어 싯다르타의 전 존재를 꿰뚫는 성찰의 프리즘이 되어준다.

'물'은 무의식을 은유하는 가장 보편적인 상징이다. 물속 깊은 곳 어딘가를 바라보는 행위는 곧 자신의 내면 깊숙한 곳을 투시하는 것과 같다. 싯다르타는 죽음을 결심하고, 즉 죽음까지 불사하고 자신의 무의식과 대면했다. 그러자 영원히 잠든 줄로만 알았던 무의식의 풍경(風磬)이 울리기 시작한다. 무의식의 가능성을 의식의 표면으로 최대한 끌어내기 위해서는 우선 자기 안의 깊은 어둠으로, 내면의 무성한 그림자의 동굴 속으로 깊이 침잠해야 한다. 이것은 곧 상승을 위한 하강이다. 싯다르타는 끝간 데 없는 나락을 예상하며 죽음의 길로 접어들려 했다. 그런데 그 절망적인 자기 탐사의 여행이 뜻밖에도 구원의 메시지를 타전해준다. 싯다르타는 깊이 하강했다. 더 높이 뛰어오르기 위해 존재의 심연으로 더 깊이 자맥질해 들어가야 했던 것이다. 그는 이 놀라운 경험에 '옴의 사유'라는 이름을 붙여본다. 하나의 전체성을 상징하는 '옴'이란 단어는 곧 싯다르타가 그토록 찾아 헤매던 '자아'의 전체성이자 무의식의 전체성이기도 했다. 무어라고 이름 붙일 수는 없지만 완성된 그 무엇인 옴 속으로 들어가 완전히 몰입하는 것, 그것이 깨달음의 길임을 싯다르타는 극한의 고통 속에서 명징하게 인식했던 것이다.

　싯다르타는 '옴의 전체성'을 깨달은 후 벅찬 감격과 함께 극심한 피로감이 밀려드는 것을 느끼며 죽음과도 같은 깊은 잠에 빠져든다. 영겁의 시간을 건너온 것처럼 깊고 달콤한 잠에서 깨어나자, 그의 눈앞에는 놀랍게도 고빈다가 있다. 오랫동안 수행자 생활을 계속해온 고빈다의 맑고 단정한 영혼 앞에서 싯다르타는 경의를 표한다. 마침 싯다르타가 누워서 혼곤한 잠에 빠져든 그때, 그곳을 지나가던 고빈다는 홀로 외롭게 잠들어 있는 나그네를 보고 혹시 그에게 무슨 일이 일어난 건 아닌지 걱정이 되어 싯다르타의 곁을 지킨다. 깨어나자 고빈다를 보고 반가움에 목이 메어오는 싯다르타와는 달리, 고빈다는 외모가 변해버린 싯다르타를 알아보지 못한다. 싯다르타 자신보다 더 자신을 사랑해주었던 고빈다가 알아보지 못할 정도로 싯다르타는 향락과 탐욕의 삶에 찌들어 옛 모습이 거의 남아 있지 않았던 것이다. 하지만 싯다르타는 실망하지 않는다. 자신은 이제 '부끄러운 자아'와 결별하여 예전의 자신, 아니 그 이상의 자신에 도달했음을 깨달았기 때문이다.

싯다르타는 영적 부활에 도달했다. 융이라면 '외면에서는 죽고 내면에서는 살아났다'고 말하지 않았을까. 싯다르타는 자살을 결심하는 순간 자신의 외면이 한 번 죽었음을 깨닫는다. 그러나 물에 비친 무의식과의 만남을 통해 옴의 전체성에 도달한 순간, 그의 죽어 있던 내면은 되살아난다. 융 또한 이런 외면의 죽음과 내면의 부활을 경험했다. 융의 영적 체험이 고도의 시적 상징으로 녹아 있는 『레드북(Red Book)』에는 이런 구절이 나온다. "그날 밤 나는 내가 죽었음을 알았다. 나의 내면은 죽음에 접어들었고 나는 외면의 죽음이 내면의 죽음보다 낫다는 것을 알았다. 그래서 나는 외면에서는 죽고 내면에서는 살아 있기로 결심했다. 나는 몸을 돌려 내면의 생명이 있는 곳을 찾기 시작했다." 극도의 심리적 고통을 겪어 '걸어다니는 정신 병동'과 다름없는 시간을 통과해낸 융은 외면의 죽음보다는 내면의 삶이 훨씬 가치 있다는 결론에 이르렀다. 어쩌면 그것은 가치의 문제가 아니라 시간의 문제일 수도 있다. 그러니까 외면이 죽어야만 내면이 살아날 수 있는 절체절명의 경지가 아니었을까.

융은 프로이트와의 결별 이후 극심한 내적 혼란을 겪는다. 자신이 미쳐버렸다고 생각했으며, 모든 방법을 동원해 자가 심리 진단을 해봐도 허사였다. 그는 익숙한 의학적 지식을 동원하기에 앞서 적극적인 상상력의 실험을 시도한다. 자신을 끊임없이 괴롭히는 무의식의 실체에 다가가기 위해 '적극적 상상(active imagination)'이라는 아이디어를 고안한 것이다. 꿈에서 무의식이 자신에게 말을 걸어주기를 기다렸다가 사후적으로 꿈을 해석하는 것이 아니라, 깨어 있는 상태에서 무의식에게 말을 거는, 무의식과의 능동적 만남을 시도한 것이다. 그는 백일몽, 즉 눈을 뜬 채로 꾸는 꿈을 통해 환상의 실체에 접근하고, 무의식의 마그마와 만나는 적극적 상상을 통해 내면의 부활을 꿈꾼다. 외면은 살아 있지만 내면은 죽어 있는 의식의 마비 상태가 아니라, 겉으로는 죽음처럼 고요한 삶을 살지만 내면에서는 활화산처럼 폭발

클링조어의 발코니(Klingsors Balkon, 1931)

하는 무의식의 움직임에 완전히 깨어 있는 상태. 그것이 싯다르타가 경험한 '영적 부활'이었고, 융이 경험한 '무의식의 발견'이 아니었을까.

싯다르타가 만약 고빈다와 헤어지지 않고, 살아 있는 부처 고타마를 따라 꾸준히 수행을 계속했더라면 그는 여인의 유혹과 금전적 사치, 호화로운 생활과 도박의 쾌락에 빠져들지 않고 무사히 훌륭한 수행자가 되지 않았을까. 쾌락이나 유혹이라는 자극의 요인이 없는 곳이었다면, 그의 깨달음은 더 빨리, 덜 고통스럽게 찾아오지 않았을까. 하지만 융이라면 이 작품을 어둠의 소중함, 그림자의 가치를 일깨우는 이야기로 보았을 것 같다. 융은 상처받은 사람만이 상처받은 타인을 치유할 수 있다고 믿었던 것처럼, 어둠이 있어야만 비로소 열리는 밝음의 세계를 긍정했다. 인간은 상처와 그림자가 있어야만 비로소 전체성에 도달하는 축복을 누릴 수 있다. 싯다르타에게 고통은 필연적인 축복이었다. 깨달음이라는 천상의 열락(悅樂)과 쾌락이라는 지상의 열락은 반대극의 결합처럼 필연적인 한 쌍이었다. 서로 반대되는 '대극(opposites)'의 합일을 통해서만 전체성을 회복하는 무의식의 드라마, 그것이 바로 싯다르타의 여정이었다.

제2의 인격, 즉 내면의 본성이 숨기고 있는 어둠과 그늘이야말로 개성화의 본질이다. 융은 자신의 내면을 마음껏 펼쳐 보일 수 없는 엄격한 가정과 학교에서 자라나면서 오히려 제2의 인격을 더욱 적극적으로 발전시켰다. 아주 어린 시절부터 땅속에 깊이 파묻혔다가 몇 년이 지나서야 다시 밖으로 나온 것 같은 느낌을 경험한 것이다. 자신을 이해하지도 인정하지도 않는 세상 앞에 좌절한 뒤 죽음 같은 어둠의 시간을 견뎌내기도 했다. 물론 고통이 크다고 해서 반드시 '빛과 합일될 수 있는 어둠'이 커지는 것은 아니다. 자신의 고통에 스스로 의미를 부여할 수 있는 능력이야말로 개성화의 시작이다. 융은 누구보다도 처절하게 그 고통의 의미를 깨달았다. 융은 아마도 빛과 어둠의 관계를 이렇게 설명할 것이다. 가능한 한 가장 많은 빛을 내면의 어둠으로 가져가기 위해 자신에게 필연적으로 어둠이 다가왔노라고. 그는 안다. 어둠은 빛의 반대말이 아니라 빛을 진정으로 빛이게 만드는 또 다른 힘이라는 사실을.

싯다르타는 육체적 욕망의 허무를 알면서도 그 끝까지 치달았고, 더 많은 재산을 향한 열망이 얼마나 어리석은지 알면서도 돈벌이와 도박에 중독되었다. 싯다르타 스스로도 용납할 수 없는 가장 어리석은 행동인 자살까지 시도한다. 그리고 그 어리석음의 극단에서 잃어버린 자기와 만난다. 수행자로서의 의무를 잊고 세속적 욕망에 탐닉해온 시간은 살아 있다는 것의 고통과 쾌락의 끝에 대한 공허를 알게 해준 소중한 체험이었다. 그가 물속에 비친 자기 얼굴을 통해 본 것은 지금까지 오랫동안 돌보지 못한 자기 안의 무의식, 깨달음의 나무였다. 어둠과 상처와 그림자와 고통을 통해서만 자라나는 무의식의 나무, 거기에는 대극의 통합, 즉 가장 어리석은 욕망과 가장 지혜로운 욕망의 만남, 절망의 극한과 희망의 극한의 만남, 추악함의 극단과 아름다움의 극단의 만남이 있었다. 싯다르타는 비로소 깨닫는다. 그 모든 절망을 체험했기에 자비를, 희망을, 새로운 시작을 체험할 수 있었음을. 더 밝은 빛을 낳는 더 짙은 어둠의 의미를 깨달은 것이다.

결국 내가 단지 또다시 어린애가 되고 또다시 새롭게 시작할 수 있기 위하여, 나는 얼마나 많은 어리석은 짓, 얼마나 많은 악덕, 얼마나 많은 오류, 얼마나 많은 구토증과 환멸과 비참함을 거치지 않으면 안 되었는가. 하지만 그것은 제대로 난 길이었어······. 내가 절망을 체험하지 않으면 안 되었고, 모든 생각들 중에서 가장 어리석은 생각, 그러니까 자살할 생각까지 품을 정도로 나락의 구렁텅이에 떨어지지 않으면 안 되었던 것은, 자비를 체험할 수 있기 위해서였으며, 다시 옴을 듣기 위해서였으며, 다시 올바로 잠을 자고 올바로 깨어날 수 있기 위해서였어. 내가 바보가 되지 않으면 안 되었던 것은 나의 내면에서 다시 아트만을 발견해내기 위해서였어. 내가 죄를 저지르지 않으면 안 되었던 것은 다시 새로운 삶을 살 수 있기 위해서였어. (141쪽)

한숨을 듣는 법

싯다르타가 깨달음의 강물을 건너가는 동안, 싯다르타의 연인이었던 카말라는 홀로 그의 아이를 낳아 기른다. 싯다르타가 '옴의 깨달음'을 경험하고 몇 년이 흐른 후, 카말라는 고타마 싯다르타의 입적이 멀지 않았다는 이야기를 듣고 그의 열반을 보러 먼 길을 떠난다. 고된 여행길에서 뱀에 물린 카말라는 죽음의 위험에 처하고, 싯다르타는 카말라를 구하려 애쓰지만 그녀는 끝내 죽음에 이르고 만다. 카말라는 고타마 싯다르타를 보지는 못했지만, 연인이었던 싯다르타와 만나 무한한 기쁨을 느끼고, 아들을 그에게 맡긴 채 세상을 떠난다. 싯다르타에게 아들은 뜻하지 않은 기쁨이자 피할 수 없는 운명이었다. 그 모든 깨달음의 숲을 건너왔어도 이해하기 힘든 존재, 핏줄의 인연이 나타난 것이다. 깨달음의 여정 위에서 아들이 태어났다는 소식이 들려오자, '라훌라(방해자)'라며 밀어내고 싶어 했던 고타마 싯다르타와 달리, 헤세의 싯다르타는 아들을 보는 순간 첫눈에 사랑에 빠진다.

싯다르타의 아들은 카말라 밑에서 호의호식하며 살아왔기에, 어느 날 갑자기 나타난 아버지의 소박하기 이를 데 없는 살림살이와 욕심 없는 삶을 이해하지 못한다. 아들은 싯다르타에게 걸핏하면 반항하며 아버지에 대한 증오를 거침없이 표출한다. 자식 때문에 고통받는 싯다르타를 보면서, 싯다르타와 함께 살며 깨달음의 길을 걸어가던 뱃사공 바주데바는 말한다. 아무리 필사적으로 아들을 보호하려 해도, 아들이 감당해야 하는 운명의 짐을 대신 져줄 수는 없다고. 아무리 사랑해도, 아무리 지혜로워도, 아무리 대단한 권력을 지녀도 할 수 없는 어떤 것이 있음을, 싯다르타는 마음대로 되지 않는 아들을 통해 깨닫는다. 싯다르타는 슬픔 속에서 깨달아야만 했다. 마음을 다해 사랑해도 지켜줄 수 없는 존재가 있다는 것을. 아들은 급기야 집을 나가버리고 싯다르타는 절망에 빠진다. 그 어떤 이도 누군가를 위험에서 완전히 지켜줄 수는 없다. 하지만 우리 자신이 치유의 길, 깨달음의 길을 걷기로 결심한다면, 그 누구도 그 결심을 막을 수 없다. 내 그림자를 짊어지고 간다는 것. 그것은 나를 가장 부끄럽고 아프게 하는 무거운 마음의 짐을 짊어지고 인생의 길을 걸을 준비가 되었다는 뜻이다.

융 심리학이 매력적인 점은 '문제가 있으면 정신과 의사를 찾아가라'는 식의 조언을 내리지 않는다는 것이다. 나는 융의 글을 읽고 또 읽을 때마다 내 마음의 치유자는 나 자신일 수밖에 없다는 생각에 마음이 편안해진다. 융 심리학에서는 환자가 가장 중요한 주체다. 치유자는 전문가이자 지식인이고, 환자는 그저 그의 처분을 기다리라는 식의 수동적인 상태에 머무르지 않는다. 치료당하는 쪽도 치료하는 쪽도 나 자신인 정신의 모험을 하고 있다는 생각에 마음이 더욱 굳건해진다. 나는 융이 만들어낸 심리학의 오솔길을 걸으면서, 어떤 상황에서도 나 자신의 치유자는 나일 수밖에 없음을 인정하게 되었다. 융은 자기 내면의 목소리를 그림과 에세이로 담은 『레드북』을 쓰면서 모두가 자기만의 '레드북'을 가질 수 있기를 바랐다. 그렇게 자기 내면에 관심을 기울이고 그 내면의 여정을 관찰하고 기록할 만한 여유를 가질 수 있다면, 이미 치유의 열쇠는 쥐고 있는 것이 아닐까.

싯다르타의 그림자는 그 누구도 마음을 다해 사랑하지 못하는 자기 자신의 천성이었다. 카말라를 '사랑의 스승'으로 삼긴 했지만 그녀를 진심으로 사랑한 것은 아니었으며, 고빈다를 참된 벗으로 생각하기는 했지만 고빈다가 싯다르타에게 마음을 준 것만큼 고빈다에게 자기 마음을 완전히 다 준 것도 아니었다. 그는 사랑 때문에 인간이 바보 같은 짓을 일삼을 수 있다는 사실을 이해하지 못했다. 그런데 천하의 싯다르타가 바로 그 사랑의 돌부리에 걸려 허우적거리게 된 것이다. 사람이 자신의 자존심보다 자기가 사랑하는 대상을 더 중요하게 여길 수 있다는 진실을, 그 평범하지만 숭고한 사랑의 진실을 처음으로 깨달은 것이다. 자기 자신이 늘 세상의 중심이었던 싯다르타는 아들을 향한 이루어지지지 않는 사랑을 통해 처음으로 그 견고한 자기중심성을 깨뜨린다. 융은 자신의 그림자를 인정하는 것도 쉬운 일은 아니며, 그 그림자 속에서 진정한 자신의 아니마 또는 아니무스

(animus)를 발견해내는 것은 극소수만이 경험할 수 있는 경지라고 했다. "나는 그림자를 인정하는 과정을 수습 기간이라고 부른다. 하지만 그 후 아니마를 알아보는 것은 소수만이 할 수 있는 걸작을 만드는 일이다."*

내 살 속의 가시 같은 존재, 그것이 바로 자식이다. 내 살 속에 박혀 나를 괴롭히지만 나 자신의 일부이기도 한 가시 같은 존재, 그것이 곧 무의식의 그림자다. 싯다르타는 모르는 사이에 잉태되고 태어나 어엿한 소년으로 자란 아들을 보는 순간 첫눈에 반한다. 아들은 깨달음의 방해물이 아니라 그가 안다고 믿었지만 아직 진정으로 깨닫지 못했던 자신의 그림자였다. 싯다르타는 어떻게든 아들의 마음을 돌려 함께 살아보고자 아들을 쫓아가지만, 사치와 환락에 길들여진 아들은 싯다르타를 아예 만나주지도 않고 잡상인이나 거지를 대하듯 입구에서 내쳐버린다. 최고의 현자 고타마 싯다르타 앞에서도 거침없이 자신의 생각을 말하던 싯다르타는 아직 턱에 수염도 나지 않은 철부지 아들의 차가운 냉대 앞에 무릎을 꿇고 만다.

싯다르타는 자신의 가슴을 찢어발기는 아들을 바라보며 이 장면이 왠지 낯설지가 않다고 생각한다. 아버지의 마음을 산산

---

* 클레어 던, 『카를 융 영혼의 치유자』, 공지민 옮김, 지와사랑, 2013, 131쪽.

이 조각내는 아들. 어디서 많이 본 듯한 기시감이 느껴진다. 아들이 자신을 완전히 저버리는 바로 그 순간, 싯다르타는 자신이 아버지를 얼마나 고통스럽게 했는지를 깨닫는다. 깨달음을 얻기 위해 집을 나가 단 한 번도 돌아오지 않는 아들을 아직까지도 기다리고 있는 아버지의 슬픈 얼굴이 강물 위에 비친다. 매일 노를 젓는 뱃사공이 되어서도 듣지 못했던 강물의 깊은 울림, 타인의 흐느낌 소리, 사랑하는 이들의 신음 소리, 신음조차 낼 수 없었던 이들의 소리 없는 외침을 듣기 시작한다. 자신이 완전히 내동댕이쳐진 것 같은 무참한 아픔 속에서 싯다르타는 자신이 아버지에게 주었던 상처를, 그리고 그를 사랑했던 모든 이들에게 주었던 상처를 깨닫는다. 이 참담한 아픔 속에서도 싯다르타는 아들에 대한 사랑을 포기하지 않는다. 사랑하되, 사랑하는 대상을 자기 마음에 맞게 바꿀 수는 없다는 사실을 깨달은 것이다. 강물의 소리를 듣는 법을 이제야 깨닫기 시작한 싯다르타를 향해 바주데바가 미소 짓는다. "저 소리가 들려요?" 그제야 들리기 시작한다. 세상에서 가장 깊은 아픔, 가장 사랑하는 존재에게 완전히 버려지는 슬픔을 이해하고서야 싯다르타는 강물의 소리를 듣는 법을 알게 된다. 강물 소리에 얽힌 세상 만물의 한숨 소리를 들을 수 있다면, 바로 또 다른 '옴'의 전체성에 도달할 수도 있다. "자신의 영혼을 어떤 특정한 소리에 묶어두거나 자신의 자아와 더불어 그 어떤 특정한 소리에 몰입하지 않고 모든 소리들을 듣

호수계곡 전경(Blick ins Seetal, 1930)

고 전체, 단일성에 귀를 기울일 때면, 그 수천의 소리가 어우러진 위대한 노래는 단 한 개의 말로 이루어지는 것이었으니, 그것은 바로 완성이라는 의미의 옴이라는 말이었다."

나는 나 자신의 육신의 경험과 나 자신의 영혼의 경험을 통하여 이 세상을 혐오하는 일을 그만두는 법을 배우기 위하여, 이 세상을 사랑하는 법을 배우기 위하여, 이 세상을 이제 더 이상 내가 소망하는 그 어떤 세상, 내가 상상하고 있는 그 어떤 세상, 내가 머릿속으로 생각해낸 일종의 완벽한 상태와 비교하는 것이 아니라, 이 세상을 그대로 놔둔 채 그 세상 자체를 사랑하기 위하여, 그리고 기꺼이 그 세상의 일원이 되기 위하여, 내가 죄악을 매우 필요로 하였다는 것을, 내가 관능적 쾌락, 재물에 대한 욕심, 허영심을 필요로 하였다는 것을, 그리고 가장 수치스러운 절망 상태도 필요로 하였다는 것을 알게 되었네.(209쪽)

융은 말했다. 인간은 빛의 형상을 상상함으로써 계몽되는 것이 아니라 어둠을 의식함으로써 계몽된다고. 우리는 늘 탁월하고 훌륭한 것들에 이끌리도록 교육받지만, 추악한 것들, 암흑 속에 있는 것들에도 마음을 돌려야 한다. 인간에게 추악한 본성이 있다는 것, 인간에게 사악한 욕망, 절망적인 요소들이 내재되어 있다는 것을 인정하고 의식할 수 있을 때 비로소 영혼의 성장은 시작된다. 계몽은 단지 어두운 곳에 밝은 빛을 비추는 것에서 끝나지 않는다. 더 깊고 확실한 계몽은 바로 어둠을 인식함으로써, 어둠을 이해하고 받아들임으로써 시작된다. 융이 인간의 사악한 욕망과 악몽을 깊이 연구한 것도 바로 인간을 전일성의 차원에서 이해하기 위해서였다. 융은 지인에게 보내는 편지에서 이렇게 말한다. "나의 그림자는 너무나도 커서 내 삶의 계획에서 그것을 가벼이 볼 수 없었다. 혹독한 상황들을 많이 겪으면서 우리가 저질렀거나 안고 있는 죄에 대해 후회할 수는 있지만 돌이킬 수는 없음을 깨닫는다. 그래서 나는 언제나 사도 바울에게 위안을 받는다. 그는 자신의 살 속에 가시가 있다는 사실을 인정하고 그 사실을 그의 존엄성 뒤에 숨겨두지 않았으니까."

싯다르타는 자신의 영혼을 할퀴고, 무너뜨리고, 통째로 부정해버리는 아들을 통해 심장이 뽑혀 나가는 듯한 고통을 느끼지만 그 고통을 통해 더 큰 사랑의 힘을 느낀다. 아들이 아무리 자신에게 끔찍한 고통을 준다 해도, 이렇게 아들을 사랑할 수 있는 운명에 감사하게 된 것이다. 아들이 없는 아늑한 평화보다 아들이 있는 끔찍한 고통을 택하는 것이 사랑임을 깨닫는다. 자신의 사랑을 절대로 받아주지 않는 존재를 세상에서 가장 사랑할 수밖에 없는 운명을 받아들인 싯다르타는 더욱 크고, 깊고, 강해진다. 그리고 여전히 힘겨운 수행을 거듭하면서도 아직 진정한 깨달음을 얻지 못한 고빈다에게 일생에 걸친 방황의 의미를 들려준다. 더 이상 이 세상을 증오하지 않기 위해, 이 세상을 진정으로 사랑하는 길을 찾기 위해, 머릿속으로 상상하고 재단하는 세상이 아니라 있는 그대로의 이 세상을 사랑하기 위해서는 '죄악'과 '절망' 역시 꼭 필요했다고. 관능적 쾌락은 물론 돈에 대한 욕심, 허영심, 가장 수치스러운 절망까지도.

그는 절망의 가치를 과소평가했던 것이다. 절망에 지치고, 사악함에 빠지고, 부질없는 쾌락에 몸을 내맡기는 평범한 인간의 희로애락애오욕을 속속들이 받아들이고 경험해야만 세계의 고통을 이해할 수 있다는 진실을 외면해왔다. 그러나 인간의 어두운 욕망을 무조건 억압하는 금욕적 수행만으로는 깨달음의 길에 오를 수 없었다. 물욕과 단절한 채 오직 수행 그 자체를 위한 수행에 한평생을 바친 고빈다가 아직 해탈의 길에 이르지 못한 까닭도 바로 자신을 '빛이 있는 쪽'으로만 몰아세웠기 때문은 아닐까. 고빈다는 싯다르타와의 대화를 통해 자신이 결코 수행만으로는 다다를 수 없는 경지가 있다는 것을 깨닫는다. 또한 싯다르타가 최고의 깨달음의 정점에 이미 다다랐음을 감지한다. 싯다르타는 그 깨달음을 독점하지 않고 고빈다에게 남김없이 전해준다. 그 극적인 소통의 카타르시스 속에서 고빈다는 싯다르타에게 무한한 사랑과 감사를 느낀다. 나 또한 고빈다와 함께 살며 빌어본다. 자기 안의 가장 깊고 아픈 어둠과 만남으로써 또다른 깨달음의 여정 위에 오른 싯다르타의 발자국마다 지혜의 연꽃이 피어나기를.

고빈다는 허리를 굽혀 큰절을 올렸다. 영문을 알 수 없는 눈물이 그의 늙은 뺨을 타고 흘러내렸으며, 그의 가슴속에서는 진정에서 우러나온 가장 열렬한 사랑의 감정, 가장 겸허한 존경의 감정이 마치 불꽃처럼 활활 타올랐다. 싯다르타의 미소는 그에게 자신이 이제까지 살아오는 동안 사랑했던 그 모든 것, 자신이 이제까지 살아오는 동안 가치 있고 신성하게 여겼던 그 모든 것을 떠오르게 해주었다. 그는 꼼짝 않고 앉아 있는 싯다르타에게 머리가 땅에 닿을 정도로 허리를 굽혀 절을 올렸다. (223쪽)

내가 살아내지
못한 모든 것과
만나다

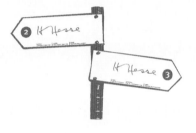

헤세가 무려 40년간 정착하며 『나르치스와 골드문트』, 『싯다르타』, 『유리알 유희』 등의 걸작을 쏟아낸 몬타뇰라로 가기 위해 우선은 취리히로 갔다. 취리히에서 하룻밤을 묵은 후 기차를 타고 루가노로 간 다음, 루가노에 짐을 풀고 버스로 몬타뇰라에 가는 계획이었다. 몬타뇰라는 워낙 작은 마을이라 묵을 곳이 마땅치 않았기 때문이다. 몬타뇰라에서 헤세의 정원과 묘지까지 둘러본 후 다시 취리히로 돌아와 헤세에게 '영혼의 멘토'가 되어준 심리학자 칼 구스타프 융의 흔적을 둘러볼 계획까지 야무지게 세워두었다.

행복이란 '무엇'이 아니라 '어떻게'입니다.

대상이 아니라 재능입니다.

『서간집』

Hermann Hesse

취리히 밤거리를 산책하다 아름다운 호수를 발견했다. 물을 바라보는 것만으로도 마음이 차분히 가라앉으며 '나를 이 머나먼 장소까지 떠민 힘은 무엇일까' 생각해본다. 하지만 '왜 떠나왔냐'는 그다지 중요하지 않다. 떠나고 보니 나도 모르게 이미 조금 다른 사람이 되어 있었기 때문이다. 어쩌면 헤세를 핑계로 이렇게 '생각 없는 생각'에 잠겨보기 위해 떠나온 것은 아닐까. 무엇을 생각하기 위한 생각이 아니라 아무것도 생각하지 않는 생각을 하기 위해, 의식의 운전대를 잠시 놓아버리고 망아(忘我)의 순간을 온몸으로 느끼기 위해, 나는 떠나온 것이다.

모든 것이 마치 평면적이고 이차원인 것처럼
바라보고 묘사하는 것,
이것이 학교와 박식함의 단점 가운데 하나였다.

『나르치스와 골드문트』

Hermann Hesse

　　여름철에는 화려한 휴양지의 진면목을 드러내지만, 겨울철에는 '도시의 편리함'과 '시골의 조용함'을 동시에 갖춘 곳이 바로 루가노다. 루가노는 올림픽을 개최한 적이 있을 정도로 유명한 도시지만 다른 대도시처럼 시끄럽거나 '공사 중'인 곳이 거의 없었다. 오래된 도시의 매력과 호반의 한적함을 동시에 느낄 수 있는 아름다운 도시다.

　호숫가를 산책하며 생각에 잠기는 시간은 아무리 길어도 아깝지가 않다. 헤세의 『싯다르타』에서는 '물'을 보며 명상에 잠기는 주인공의 고뇌가 아름답게 그려진다. 물은 마음의 거울이 되어 슬픔에 빠진 싯다르타의 상처 입은 무의식을 비춰준다. 헤세는 명상의 중요성을 잘 알고 있었다. 서양철학이 '의식의 주체성'을 강조한다면, 그가 빠져들었던 인도의 불교는 '의식 없는 사유', 즉 의식을 밀어낸 저 너머의 사유를 추구했다. 서양철학이 논리적 사유를 강조한다면 동양철학은 직관적 사유를 중시한다고 생각했던 헤세는 명상이야말로 논리적 사유와 직관적 사유를 조화롭게 일치시키는 방법이라고 보았다.

아, 우리는 이제 다르게 살아야 하고,

다르게 존재해야 한다. 하늘과 나무 아래

더 자주 서 있어야 한다. 더욱 자기 자신만을 위해

존재해야 한다. 더더욱 아름다움과 위대함의

비밀을 가까이 간직하며 살아가야 한다.

「옛날 음악」

Hermann Hesse

　　세렌디피티(serendipity)의 묘미를 느끼는 순간이다. 뜻하지 않은 즐
거움, 의도치 않은 우연의 기쁨을 느끼는 순간. 루가노의 세렌디피티, 그것
은 카프카였다. 카프카도 루가노에 방문했다는 사실을 자랑스럽게 알려주
는 이 석상을 보자 나는 반가움에 환한 미소를 지을 수 있었다. 카프카 또
한 자신을 무척이나 아끼고 사랑했던 헤세의 마음을 알았을까.

다른 사람이 되는 것, 다른 사람의 목소리를
모방하고 그들의 얼굴을 자신의 얼굴로
여기는 것을 그만두어야 한다.
『차라투스트라의 귀환』

Hermann Hesse

혜세는 내 마음의 거울이다. 분노가 치밀어 오를 때 혜세를 읽으면 '화가 머리끝까지 난 나 자신'이 보이고, 슬픔에 빠져 있을 때 혜세를 읽으면 '슬픔의 동굴에 차라리 계속 숨어 있고 싶어 하는 나 자신'이 보인다. 혜세는 독자에게 보내는 편지에서 이렇게 말한 적이 있다. 당신이 호소하고, 당신이 읽으며, 당신이 사랑하고 또는 비판하는 저 혜세는 당신 자아의 한 모습이라고. 혜세는 당신 마음의 거울이라고. 혜세에게 무언가를 묻고 싶다면 오히려 당신의 마음에 묻는 것이 더 좋을 것이라는 의미가 아니었을까.

세상으로부터 멀찍이 거리를 두는 사람은
산골짜기에 앉아 자기 그림자의 행로를 관찰하고
각자 제 나름의 궤도에 따라 돌아가는 해와 달의
한결같이 고요한 리듬을 경청하면서 영혼을 흠뻑
빼앗긴다. 가련한 서양인, 우리 독일인들은 시간을
한 시간당 겨우 동전 한 개의 가치밖에 되지 않는
아주 작은 단위로 잘게 쪼개버렸다.

「게으름의 기술」

Hermann Hesse

헤세의 정원과 묘지가 있는 몬타뇰라에 가기 위해 루가노에 머무는 동안, 나는 마치 본무대를 준비하기 위해 막간극을 하는 것처럼 즐겁고 설레는 마음이었다. 헤세는 독자에게 보내는 편지에서 이렇게 썼다. "나는 내 저서의 선전이나 번역에 아무 흥미도 없습니다. 내가 죽고 50년 후에도 세계의 어딘가에 내 저서에 대한 관심이 남아 있다면 어느 나라에서 나의 작품 속에서 적당한 것을 뽑아내 자기 것으로 해도 상관없습니다. 그러나 50년이 지나 잊혀버린다면 그것은 애당초 없어도 좋았을 것입니다." 그는 이렇게 자신의 작품에 '미적 거리'를 두고 싶어 했다. 하지만 그가 떠난 지 50년이 지난 지금, 헤세를 향한 전 세계 독자들의 사랑은 오히려 더 크고 깊어진 느낌이다.

해나 바다나 바람과 같은 하얀 것,

정처 없는 것들을 나는 사랑한다.

고향이 없는 사람에게는

그것이 누이들이며 천사이기 때문에.

「흰 구름」

Hermann Hesse

　　루가노 호수의 주인은 바로 이 늠름한 새가 아닐까. 마치 우리 문화의 솟대처럼 높이 솟아 있는 나무 기둥 위에 당당히 올라앉은 새는 루가노 호수를 지키는 든든한 파수꾼 같다.

내 마음속의 아주 은밀한 보물들을 헤아려보는 몽상만으로도 충분히 아름다운 밤이 있다. 나 역시 나의 글쓰기가 타인에게 인정받지 못할까 봐 두려울 때가 많다. 하지만 '나를 지켜주는 것들'의 목록을 떠올리면 엄청난 마음의 부자처럼 느껴진다. 조금 부족해도, 조금 엉뚱한 짓을 해도, 언제나 내 숨겨진 진심을 알아주는 사람들을 생각하면 결코 두렵지 않다.

　헤세는 지인에게 보낸 편지에서 자기 작품들 중 몇몇이 인정받지 못
하거나 혹평을 받으면 오히려 '은밀한 기쁨'을 느꼈다고 고백한다. 자신의
작품 중 몇몇이 혹평을 받았다는 사실이 오히려 헤세 스스로에게는 은밀한
자랑, 숨은 기쁨이었다고. 헤세 자신이 사랑하는 작품은 '나만의 정원'이지
모두가 산책할 수 있는 공공의 정원은 아니라고. 그는 가슴에 묻어두고 싶
은 그 소수의 작품들을 자기만의 정원처럼 홀로 산책하고 싶어 했다.

드디어 몬타뇰라에 도착했다. 겨울이지만 몬타뇰라는 그다지 춥지 않다. 오히려 바지런히 봄을 준비하는 나무들과 꽃들의 생기로운 기운이 느껴진다. 몬타뇰라에서 헤세의 박물관을 찾는 것은 어렵지 않다. 어딜 가나 '헤르만 헤세의 집으로 가는 길', '헤세 박물관으로 가는 길'이라는 식으로 이정표가 잘 마련되어 있기 때문이다. 이 길이 '헤세로 가는 내 마음의 길'의 클라이맥스가 될 것이다. 헤세의 영혼이 가장 많이 묻어 있는 곳을 꼽으라면 아마도 그가 지은 집 '카사 카무치'일 터이니.

꽃잎 한 장이나 길 위의 벌레 한 마리가 도서관의
모든 책보다 훨씬 더 많은 것을 가지고 있다.

『나르치스와 골드문트』

Hermann Hesse

독일에서 '조국의 전쟁'을 반대한다는 이유로 출판을 금지당한 헤세
는 힘겨운 방황 끝에 스위스 몬타뇰라에 정착하게 되면서 본격적인 '정원
가꾸기'에도 재능을 발휘한다. 정원은 그에게 '세상으로부터의 피난처'이자
'이야기의 에너지'를 선물하는 치유의 공간이었다. 그가 사교 클럽에 출몰
하면서 '더 유명한 작가'가 되는 데 시간을 쏟았다면 우리는 『데미안』이나
『싯다르타』 같은 명작을 만날 수 없었을 것이다.

여러분 한 사람, 한 사람의 가슴속에는 귀를 기울일
필요가 있는 단 한 마리의, 자기 자신의 새가 있다.
『차라투스트라의 귀환』

Hermann Hesse

사실 헤세가 엄청난 분량의 글을 쓰고 그림을 그린 것보다 더 놀라운
것은 그가 '정원 가꾸기'의 명수였다는 점, 그리고 온갖 명소에서 강연 요
청이 와도 대부분은 시골 마을 몬타뇰라에서 조용하게 지내는 은둔의 길을
택했다는 점이다. 그는 윌리엄 셰익스피어처럼 '세속의 이야기'에 맹렬한
관심을 기울이기도 했지만 동시에 헨리 데이비드 소로처럼 조용히 '은둔하
는 삶'을 선택했다.

혜세는 신문이나 라디오를 통해 세상을 바라본 것이 아니라 책과 자연을 통해 세상을 바라보았다. 그리하여 그의 수채화에는 미디어의 광기에 때 묻지 않은 해맑은 영혼이 스며 있다. '내가 아는 모든 지식은 다 작가들의 책에서 나왔다'고 공언했던 그의 보물 창고는 언제나 동서양의 다양한 문학작품이었다. 그는 공자부터 이태백, 붓다부터 도스토옙스키와 프로이트에 이르기까지 동서양의 고전과 신간을 종횡무진 탐독했다. 프로이트와 융이 새로운 연구 업적을 쏟아내고, 토마스 만과 프란츠 카프카가 신작을 쏟아내던 시절이었다. 혜세는 몬타뇰라에서 그저 '은둔'한 것이 아니라 아무도 자신을 감시하지 못하는 곳에서 더 넓고 더 깊은 세상을 엿보았다.

Museo Hermann Hesse
Montagnola

인간을 사랑할 것, 약한 인간도 쓸모가 없는 인간도
사랑할 것, 그리고 그들을 재판하지 말 것.

『서간집』

Hermann Hesse

헤르만 헤세는 친구에게 보낸 편지에서 '천재'의 정의를 '사랑할 줄 아
는 능력'으로 규정했다. 천재란 사랑할 줄 아는 힘이고, 온몸을 바치고 싶다
고 갈망하는 마음이라고. 그에게 천재와 영웅은 동일한 의미를 지니는 것
같다. 사랑할 줄 아는 능력을 지닌 사람, 자기 길을 걷는 사람은 누구나 다
영웅이 된다. 헤세는 말한다. 자기가 할 수 있는 일을 정말로 행하면서 사
는 사람은 누구나 다 영웅이라고.

모든 사랑이 깊은 비극을 품고 있다고 해서
그것이 더 이상 사랑하지 말아야 할
이유가 되는 것은 아닙니다.

『서간집』

Hermann Hesse

헤세는 이 소박한 집에서 시대의 광풍을 견뎠다. 헤세가 피하고 싶었던 것은 전쟁의 광풍이자 언론의 광풍이었다. 글이라는 것은 진검 승부와 비슷해서 내가 글이라는 칼을 내밀면 '본의 아니게 찔린' 온갖 사람들이 나서서 '네가 날 찔렀겠다. 그럼 너도 내 칼을 받아라' 하고 나서기 마련이다. 하지만 그런 사람들 중 진짜 고수는 극히 드물다. 호사가들은 하이에나 떼처럼 달려들어 헤세를 욕하고, 그의 명성을 깎아내리고, 사소한 허점을 대단한 굴욕으로 포장해서 작가의 명예를 훼손하려 했지만, 헤세는 괴로움을 참고 꿋꿋이 쓰고, 그리고, 키웠다. 글과 그림과 꽃과 나무들을.

나는 서울에서 뮌헨으로, 뮌헨에서 칼프로, 취리히에서 루가노로, 루가노에서 몬타뇰라에 이르는 헤세 루트를 마치고 나서야 깨달았다. 힘겨운 여행일수록 더 오래 마음에 남는다는 것을. 아름다운 여행의 이미지는 여행이 끝난 후에도, 영화필름처럼 마음속에서 언제든 돌려 볼 수 있다는 것을. 그 후 '내 마음의 헤세 루트'를 더욱 꼼꼼히 완성한다며 『싯다르타』의 영감이 된 인도까지 다녀오겠다고 호언장담하는 나를 보고 주변 사람들은 '또 헤세냐?'고 핀잔을 준다. 하지만 헤세를 읽을수록 헤세의 작품 속 공간들은 더욱 해맑은 설렘의 빛깔로 나를 유혹한다. 지극히 사적인 나만의 헤세 루트가 언제 끝날지는 알 수 없다. 내 마음의 방랑이 끝나지 않는 한, 나는 별별 핑계를 갖다 붙이며 또 다른 헤세 루트를 창안해낼 것이다.

사람의 인격은 환경이 열악할 때에야
비로소 숨김없이 드러난다.
그리하여 정신적인 가치나 이상적인 가치,
냄새를 맡을 수도 만져볼 수도 없는
모든 것에 대한 개인의 태도 또한 외적인 삶의
지주가 사라지거나 깊은 충격을 받았을 때
비로소 진면목을 드러낸다.

「풍요로운 마음」

Hermann Hesse

사랑을 받는 것은 행복이 아니다.

누구나 자기 자신을 사랑한다.

그러나 사랑을 하는 것, 그것은 행복이다.

『클라인과 바그너』

Hermann Hesse

    헤세는 젊은 시절 피렌체, 베네치아, 로마를 돌아보며 문학에 대한 열
망을 키웠다. 단테가 『신곡』에서 그린 베아트리체의 모습은 헤세의 『데미안』
에 커다란 영향을 끼쳤다. 단테는 『신곡』에서 베아트리체와의 만남을 일생
일대의 기적으로 묘사한다. 『데미안』의 싱클레어에게도 꿈같은 여인 베아트
리체와의 만남은 기적이었다. 싱클레어는 이렇게 고백한다. 베아트리체에 대
한 숭배는 내 인생을 송두리째 변화시켰다고. 어제까지는 조숙한 풍자꾼이던
그가 성자가 되려는 희망을 품은 사원의 하인이 되었다고. 그는 오랫동안 몸
에 젖어 있던 나쁜 생활습관을 청산했을 뿐 아니라 먹고 마시는 일이나 잡담
이나 옷차림까지도 베아트리체의 이상에 부합되도록 신경을 쓴다. 아침마다
냉수마찰을 하고, 진실하고 품위 있는 행동을 하려고, 위엄 있게 걸으려 애쓴
다. 단지 '그 사람과 이루어지기를' 바라는 것이 아니라, 그 사람으로 인해 더
나은 사람이 되기 위해 분투하는 것. 사랑의 힘이란 바로 이런 것이 아닐까.

세상은 걸어 다니는 각도로 바라볼 때 가장 아름답다. 사람들의 뒷모습 또한 걸어 다니는 각도로 바라보았을 때 가장 아름다워 보인다. 걸어 다니는 각도는 끝없이 변하기에 우리는 걷는 동안 무한육면각체로 꿈틀거리는 대상의 변화무쌍함을 느낄 수 있다. 내 마음을 바라보는 관점 또한 산책을 하는 동안에 가장 차분하게 가라앉는다. 목적 없는 산책, 그저 걷는 것 그 자체로 만족하는 산책은 우리 마음속 영혼의 거울을 활짝 열어젖힌다.

이성과 마법이 하나가 되는 곳에
아마도 모든 숭고한 예술의 비밀이 있을 것이다.
『서간집』

Hermann Hesse

자신의 미래를 예언하고 그 미래를 실천하는 사람은 극히 드물다. 헤세는 온화하고 낭만적인 사람으로 보이지만, 불굴의 의지를 지닌 강인한 투사이기도 했다. 그는 초년 시절에 쓴 『페터 카멘친트』에서 자신의 미래에 대해 다음과 같은 예언을 당당히 남겼다. "서랍에는 내가 쓸 대작의 첫 부분이 들어 있다. 내 필생의 역작이라고 할 수 있을 것이다. 하지만 그건 너무 비장하게 들린다. 아마도 다시 시작하고 계속 써나가서 완성시킬 때가 한 번은 올 것이다. 그렇게 된다면 내 젊은 시절의 동경은 옳은 것이었고 나는 진짜 시인이었던 셈이다." 그는 평생을 다해 그 예언을 지키고, 이루고, 증명해냈다.

3 H. Hesse

Sentiero | Wanderweg | Footpath
Sulle orme di Hermann Hesse | Auf den Spuren von Hermann Hesse | Following the trail of Hermann Hesse

　베를린 광장에서 '나치의 탄압을 받은 예술가들'을 기리는 전시회가 열리고 있었다. 좀 더 일찍 역사의 과오를 반성하는 작업을 했다면 예술가들이 조금이라도 더 자유로운 창작을 위해 독일을 떠나지는 않았을 것이다. 헤세는 제1차 세계대전에서도 오직 '조국의 영광스러운 승리'만을 부르짖으며 아무런 반성의 기미를 보이지 않던 군국주의자들이 제2차 세계대

전에서는 더욱 끔찍한 홀로코스트를 저지르자 독일에 대한 믿음을 완전히 잃어버린다. 전쟁이 일어나도 텔레비전만 켜지 않으면 잘 모를 것 같은 몬타뇰라에서 그는 애증의 감정으로 얼룩진 조국 독일에 남겨진 친구들을 생각했다. 그는 독일로 다시 돌아가지 않고도 '세계인의 문학 광장'이라는 마음의 공동체로 귀환할 길을 모색하고 있었다.

자연을 보고 경이롭게 여김으로써
나는 다른 모든 시인들, 현자들과 형제가 되었다.

「나비에 대하여」

Herman Hesse

헤세는 '절대로 결혼 같은 건 하지 않겠다'고 공언하면서도 세 번이
나 결혼을 했다. 온갖 장소를 전전하며 여러 번 이사를 했지만, 어디에나 정
원이 있었다. 정원은 그의 힘겨운 영혼을 위한 안식처였다. 한때는 포도 농
사로 생계를 꾸릴 정도로 그는 원예에 일가견이 있었다. 그는 「땅에서 오
는 행복」이라는 글에서 50여 그루의 나무와 수많은 꽃들, 무화과나무와 복
숭아나무에 대해 책임을 지는 것이 바로 자신이 느끼는 행복의 기원이라고
고백했다.

　　젊었을 때는 대도시에서 살고 싶었던 때도 있었지만, 헤세는 줄곧 전원의 삶을 동경했고 산과 호수 근처의 작은 마을에 정착하곤 했다. 헤세의 작품에는 유난히 자연에 대한 묘사가 많다. 그 많은 풍경 중에 구름은 가장 헤세를 닮아 있다. 그는 알고 있었다. 구름은 모든 방랑과 탐구, 노스탤지어의 영원한 상징임을. 헤세는 『페터 카멘친트』에서 이렇게 말한다. 구름이 땅과 하늘 사이에서 망설이고 동경하고 저항하면서 자랑스레 걸려 있듯이 우리 영혼 또한 시간과 영원 사이에서 망설이고 동경하고 저항하면서 자랑스레 걸려 있다고.

이 드넓은 세상에서 구름에 대해 나보다 더 잘 알고,

나보다 더 구름을 좋아하는 사람이 있을까! 이 세상에서

구름보다 더 아름다운 사물이 있으면 나에게 가르쳐다오!

『페터 카멘친트』

Hermann Hesse

혜세는 만년에 몬타뇰라에 묻힐 마음의 준비를 하고 주변의 땅을 사 두었다고 한다. 젊었을 때는 아내와 아이들을 집에 남겨둔 채 유럽 곳곳은 물론 싱가포르나 인도까지 줄기차게 여행을 떠나던 그였지만, 만년에는 여행보다 정원 가꾸기를 즐기며 그림을 그리고 글을 쓰는 데 몰두했다. 그는 노벨문학상을 비롯한 각종 문학상을 받았을 때도 좀처럼 시상식에 나타나지 않고 몬타뇰라에서 조용히 지냈다. 그곳 사람들도 헤세의 조용함에 어울리는 소박한 심성의 소유자들이었다. 이미 유럽 문학의 큰 별이었던 헤르만 헤세가 허름한 옷차림으로 몬타뇰라에 이사 왔을 때도, 헤세가 노벨문학상을 받아 유명 인사들이 떼 지어 몰려왔을 때도, 몬타뇰라 사람들은 법석을 피우지 않았다.

헤세는 「남쪽의 여름날」이라는 수필에서 이렇게 속삭인다. "고향의 친구들이여, 지금 당신들은 무엇을 하고 있는지. 당신들의 손에는 꽃이 들려 있는가, 아니면 수류탄이 들려 있는가. 자네들 아직 살아 있기는 한 건가. 내게 다정한 편지를 쓰려는 건가, 아니면 또다시 나에 대한 비난 기사를 쓰고 있는가. 친애하는 벗들이여, 자네들 마음대로 하라. 하지만 인생이 얼마나 짧은지 잠깐이라도 생각해보도록 하라." 헤세는 죽음을 준비하면서도 두려워했다. 그는 아내 니논과 함께 숲으로 산책을 갔다 부러진 나뭇가지를 집어 들고는 이렇게 말했다. "아직도 싱싱한걸." 바로 그다음 날 아침, 헤세는 조용히 숨을 거두었다.

죽음의 부름은 곧 사랑의 부름이다.
우리가 그 부름에 긍정적인 방식으로
대답할 수만 있다면, 그것을 영원한 생명을 얻고
완전한 변화가 일어나는 위대한 과정 중 하나로
받아들일 수만 있다면, 죽음은 달콤해질 것이다.

『서간집』

Hermann Hesse

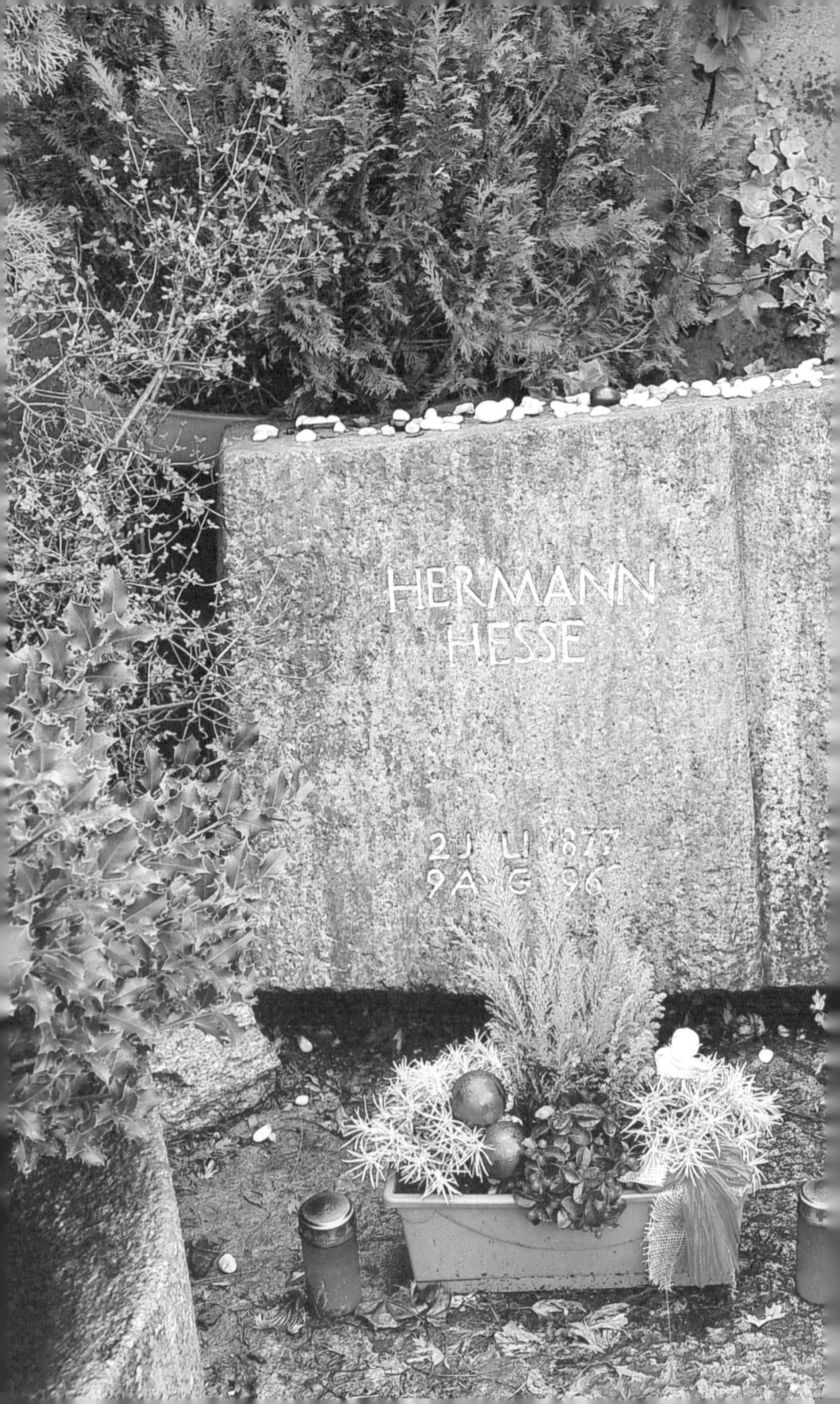
HERMANN
HESSE

그들은 파괴했지만, 나는 건설한다.

그들은 흩어버렸지만, 나는 주워 담는다.

그들은 신을 부정하고 십자가에 매달았지만,

나는 신을 사랑한다.

「가을 저녁, 서재에서」

Hermann Hesse

만성적인 관절염, 우울증, 치통 등 힘겨운 병마에 시달렸던 헤세가 가장 싫어한 것 중 하나는 치과였고, 좋아했던 것은 그림 그리기와 정원 가꾸기, 그리고 라디오에서 흘러나오는 음악을 듣는 일이었다. 헤세는 절친한 벗이자 자신의 전기 작가였던 휴고 발이 세상을 떠나자 연인 니논에게 '이제 이 세상에서 나를 이해해주는 것은 당신뿐'이라고 고백했다. 헤세의 묘지는 허례허식을 싫어했던 그의 평소 모습대로 놀라우리만치 소박하고 단출하다. 헤세의 팬들도 그를 닮아 지극히 단순하고 소박하게 촛불과 크리스마스 장식으로 그를 추모하고 있다.

어떤 두 사람이 매우 밀접하게 결합되어 있을지라도

그들 사이에는 언제나 심연이 놓여 있다.

그 심연에 다리를 놓을 수 있는 것은 오직 사랑뿐이다.

『크눌프』

Hermann Hesse

헤세는 훌륭한 작가였지만 좋은 남편이나 좋은 아버지는 될 수 없었다. 니논은 그 사실을 알면서도 헤세와 평생을 함께하려 했다. 헤세는 결혼이라는 구속을 어떻게든 피하려 했지만 니논의 헌신적인 보살핌 또한 필요로 했다. 그는 글을 쓸 때 오직 '자기만의 공간'을 필요로 했고, 자신의 모든 짜증과 우울을 받아주려 했던 니논의 깊은 배려에 감사하는 시를 남기기도 했다. 두 사람은 죽어서도 나란히 한 묘지에 누워 몬타뇰라의 봄, 여름, 가을, 겨울을 함께 느끼고 있다.

당신의 영혼이 곧 온 세상입니다.

『싯다르타』

Hermann Hesse

헤세의 세 번째 아내 니논은 뛰어난 미술사학자이자 여행광이었다. 헤세를 몬타뇰라에 남겨둔 채 홀로 몇 달씩 여행을 떠나 그를 시무룩하게 만들었던 그녀는 커다란 박물관과 도서관이 즐비한 런던이나 비엔나 같은 대도시에서 살고 싶어 했다. 니논은 파리의 샹젤리제를 거닐며 헤세와 쇼핑도 하고 오페라도 구경하고 싶어 했지만 헤세는 떠들썩한 여행을 싫어했다. 젊었을 때 걸핏하면 가족을 버리고 혼자 여행을 떠나 첫 번째 부인 마리아 베르누이를 힘들게 하더니, 만년에 자기보다 여행을 좋아하는 부인의 방랑벽 때문에 마음고생을 한 것이다. 헤세가 세상을 떠나자 니논은 그토록 도망치고 싶어 했던 몬타뇰라가 제2의 고향이 되었음을 뒤늦게 깨닫는다. 골목길 구석구석, 산자락 하나하나, 나뭇가지들과 꽃들까지도 모두 헤세의 분신처럼 느껴지는 몬타뇰라를 그녀는 결코 떠날 수 없었다.

    헤세 박물관 바로 옆에 위치한 이 작은 카페에는 이른 아침부터 사람들이 찾아온다. 아늑한 동네 사랑방 같은 곳이다. 박물관과 카페 사이에는 작은 광장이 있는데, 그곳은 헤세의 마지막 생일잔치가 열린 곳이기도 하다. 그 전까지는 스위스 베른의 시민권자였던 헤세가 여든다섯 번째 생일에 몬타뇰라 명예시민권을 얻자, 노벨문학상과 괴테상을 받았을 때도 쥐죽은 듯 조용했던 몬타뇰라 사람들이 광장에 모여 파티를 벌였다. 그들은 떠들썩한 기념식이나 문학상 수상보다 '몬타뇰라의 현자', '이웃집 할아버지 헤세'를 더욱 사랑했던 것이다.

이런 날은 단지 그림 그리기 좋은 것이 아니라 반드시 그림을 그려야만 한다. 붉은빛과 황토빛을 내는 모든 장소가 초록빛 식물들 사이에서 영롱한 소리를 내며 반짝거린다. 깊은 그림자를 거느린 포도나무의 오래된 버팀목은 늠름한 모습으로 명상에 잠겨 있다. 깊디깊은 그림자 속에서는 온갖 색깔들이 활기차고 명랑하게 속삭이고 있었다.

「그림을 그리다」

Hermann Hesse

3 헤세가 잠든 곳, 몬타뇰라로

오, 친구여,
행복은 어디에나 있다네.
산과 계곡, 그리고 꽃과 크리스털에도.

「픽토르의 변신」

Hermann Hesse

　　박물관이 문을 닫는 겨울에는 이 카페가 박물관에 입장하지 못한 사람들의 아쉬운 마음을 달래준다. 헤세의 풍경화로 만든 온갖 엽서와 카드, 수첩과 달력, 그리고 헤세를 기념하는 커피와 술이 여행자의 얼굴에 미소를 머금게 한다. 전쟁과 군국주의를 반대했던 헤세는 독일 정부의 압력으로 자신의 책이 판매 금지를 당하자 직접 그림을 그리고 스스로의 시를 필사한 엽서를 팔아 생계를 유지하기도 했다.

　헤세의 그림은 헤세의 시와 가장 잘 어울린다. 몬타뇰라의 풍경뿐만 아니라 여행했던 수많은 장소가 수채화의 배경이 되었다. 만년의 헤세는 정원에 씨를 뿌리고, 잡초를 뽑아내고, 과일과 채소를 거두어들이며 농부처럼 부지런히 살았다. 그림 그리기는 시대의 우울과 절망을 정면으로 돌파하려 했던 헤세의 글들이 지닌 어둠의 무게를 경감시켜주었다. 그림 그리기와 정원 가꾸기는 그에게 현실의 굉음이 가닿지 못하는 마법의 피난처였다.

정오가 되자 나는 예감했다.

오늘 저녁에도 그림을 그리게 될 것이라고.

「게으름의 기술」

Hermann Hesse

유럽에는 아직 종이 신문을 열심히 읽는 독자들이 많이 남아 있다. 아침 일찍 카페에 나와 커피와 토스트를 즐기는 노인들이 가장 많이 하는 일도 바로 종이 신문을 읽는 일이다. 헤세에게 신문은 작가로서 그의 영광스러운 나날을 증언해주는 미디어이기도 했지만, 독일에 대한 좋지 않은 소식을 듣는 가장 빠른 통로이기도 했다. 특히 헤세는 나치즘이 득세하기 시작할 무렵 시대와 영합하는 지인들의 모습을 보며 깊은 충격을 받았다. 심지어 그의 두 번째 부인이었던 루트 뱅어마저 나치에 동조하자 인연을 끊어버린다. 헤세는 「노년에 접어들며」라는 시에서 세상의 변화에 너무 빨리 적응하는 사람들에게 일침을 날린다. "당신들, 내 젊음의 벗들이여/어떻게 그렇게도 재빠르게/당신들은 세계와 협약을 맺었단 말인가/이제 나를 옹호하는 이는 하나도 남지 않았구나/하지만 나는 계속 맞서 싸우겠다/이 세계에 정면으로 맞서 버티겠다/승리의 영웅이 될 수 없다면/한낱 전사로 쓰러지겠다."

가능한 것이 생기기 위해서는 계속해서
불가능한 것이 시도되어야 합니다.

『서간집』

Hermann Hesse

독일에 남아 있던 헤세의 친지들은 헤세와 편지를 주고받으며 나치 시대의 불안을 견뎠다. 헤세는 독일에 남아 있는 친지들에 대한 걱정에 잠 못 이루곤 했다. 헤세의 여동생은 밤마다 들리는 폭격 소리에 공포에 떤다는 편지를 전해왔고, 조카들은 행방불명되거나 강제로 끌려갔으며, 심지어 목숨을 잃기까지 했다. 틸리라는 여인이 욕실에 히틀러의 사진을 걸어놓은 것을 보고 니논이 질겁하자, 틸리는 히틀러를 누구보다도 존경한다고 말했고, 헤세는 분노에 치를 떨며 자리를 박차고 나갔다. 헤세는 자신의 정신과 치료를 담당했던 랑 박사에게 이렇게 편지를 보냈다. "내가 오스트리아 국적의 유대인 여성(니논)과 결혼한 것은 우연이 아니겠지요. 나는 당당히 맞서겠습니다. 그로 인해 내가 파멸하는 일이 있더라도, 나는 결코 물러서지 않겠습니다."

Herman Hesse.

zum Geburtstag.

1881.

모든 방랑은 고향 집으로 달려간다.
모든 길은 고향으로 향해 있으며
모든 걸음은 탄생이며 죽음이다.

「방랑」

Hermann Hesse

　헤세는 첫 번째 부인 마리아 베르누이와 헤어진 뒤 오랜 시간이 지나서야 그녀와 화해했다. 헤세가 가정을 돌보지 않고 밖으로만 나돌던 젊은 날, 홀로 세 아들을 키우고 맹렬하게 정원을 가꾸던 마리아의 따뜻한 품성을 그는 기억했고, 마리아는 헤세가 아무리 그녀를 외롭게 했어도 두 사람이 나누었던 순수한 젊음의 열정을 잊지 못했다. 만년이 되자 헤세는 아들들과 며느리들은 물론 손자들에게도 커다란 애착을 느껴 몬타뇰라의 집에서 자주 그들과 행복한 시간을 보냈고, 노벨문학상의 상금을 아들들에게 듬뿍듬뿍 나누어주었다. 마리아가 우울증으로 오랫동안 고통받자 헤세는 막내아들 마르틴에게 편지를 보낸다. 정원 가꾸는 일을 할 일꾼을 어머니에게 보내주라고. "일꾼에게 줄 품삯은 내가 보내주마. 네 엄마가 잡초로 가득한 정원을 보지 않도록 해주렴." 헤세는 마리아의 가장 큰 낙이 정원 가꾸기에 있었음을 이해했던 것이다.

나는 헤세의 시 「이탈리아를 바라보며」를 좋아했다. 그런데 스위스의 작은 마을 몬타뇰라에서 이탈리아가 어떻게 보이는지는 아무리 상상해도 머릿속에 잘 그려지지 않았다. 산책로를 걷다가 이 장면을 보자 비로소 헤세의 마음을 알 것만 같았다. "호수 저편 장밋빛 산 너머에 이탈리아가 있습니다." 정말 이탈리아가 보였다. 호수 저 너머, 커튼처럼 겹겹이 드리워진 산맥 너머로 아련하게 이탈리아가 보였다. 그곳은 멀리 있지만 늘 보이기 때문에 더 안타까운 그리움의 장소였다. "이 세상은 그렇게도 늘 나를 속였습니다. 나는 아직도 여전히 이 세상을 사랑합니다. 사랑과 고독. 사랑과 이루어지지 않는 동경. 이것이 예술의 어머니입니다."

오늘은 그림 그리기 좋은 날이 아닐까 싶은 징조가
보이면 내 늙은 가슴에서 어린 시절 방학 때 느꼈던
그 기쁨, 뭔가를 반드시 하고야 말겠다는 강렬한
의지가 용솟음치는 것을 느낀다. 나는 10여 년
전부터 그림 그리기로 생계를 유지하며 점차
문학에서 멀어질 궁리를 하기 시작했다.

「그림을 그리다」

Hermann Hesse

자정이 넘어서까지 줄기차게 지속되는

매미의 울음소리.

나는 그 여름의 음향을 너무나 사랑했다.

그것을 듣고 있노라면 마치

바다를 바라보는 것처럼

나 자신을 완전히 잊을 수 있었다.

「대리석재 공장」

Hermann Hesse

헤세는 「여름이 오는 길목」이라는 글에서 '여름을 즐기는 세 가지 비법'으로 찌는 듯한 들판, 시원한 숲, 그리고 신나는 뱃놀이를 들었다. 햇살이 내리쬐어 찌는 듯이 더운 들판, 드넓게 펼쳐진 거대한 숲, 그리고 그 여름의 풍경을 바라보며 노를 젓는 날들. 그는 거의 반나체 상태로 호숫가 수풀 속에서 낮잠을 즐기기도 하고, 잔잔한 호수의 물결을 유유히 가르면서 뱃놀이를 즐기곤 했다. 그에게 계절의 여왕은 여름이었다. 비밀스럽게 달아오르는 생명의 열기가 끓어오르며 거칠게 용솟음치는 여름. 진정한 여름은 그에게 너무 짧게만 느껴졌다. 첫사랑의 설렘처럼, 인생의 가장 아름다운 시절처럼.

그는 사랑을 하면서 자기 자신을 발견했다.
그러나 대부분의 사람들은 사랑할 때 자신을 잃어버린다.
『데미안』

Hermann Hesse

젊은 시절 헤세의 첫 해외여행은 이탈리아에서 시작되었다. 헤세는 여행광이었지만 편안하고 화려한 여행보다는 몸으로 직접 부딪히고 깨지는 모험적인 여행을 좋아했다. 베네치아에서 그는 곤돌라를 타고 한가롭게 흐느적거리며 '바라보기만 하는 관광객'이 되기는 싫었다. 그는 베네치아의 한 어부와 친해져 한 침대를 쓰고 같은 빵을 먹고 같은 배를 타며 일주일이나 동고동락했다. 그러면서 베네치아를 만든 신비로운 지형, 석호의 생김새를 내내 연구했다. 흙바닥을 직접 손으로 만져보며, 낮이나 밤이나 직접 노를 저어가며, 책에서는 나오지 않는 베네치아의 맨살과 근육을 온몸으로 느껴보았다.

연애야 누구나 좋아하는 사람과 할 수 있지.

하지만 결혼해도 좋을 상대란 평생토록 함께

보조를 맞춰갈 수 있는 사람이 아니면 안 되는 거야.

「대리석재 공장」

Hermann Hesse

헤세의 세 번째 아내 니논에게는 헤세를 확실히 매료시킨 재능이 있었다. 그것은 바로 낭독의 기술이었다. 문화 예술의 다양한 분야에 깊은 식견이 있었던 니논은 헤세에게 항상 책을 읽어주고 나서 수첩에 그 책 제목을 적어놓곤 했다. 헤세가 사망한 후 니논이 낭독해준 책들의 권수를 세어보니 무려 1,447권이나 되었다고 한다. 헤세와 마리아를 이어준 것이 아이들과 음악과 정원 가꾸기였다면, 헤세와 니논을 이어준 것은 학문과 글쓰기를 향한 영원한 갈망이었다.

　　1년 내내 특별한 일이 일어나지 않는 조용한 마을 몬타뇰라에서 헤세가 매년 기다리는 성대한 축제가 하나 있었다. 바로 테신의 성모마리아 축제였다. 그는 「테신의 성모마리아 축제」에서 이렇게 고백한다. 특정한 종교를 신봉하지 않았던 자신이 성모마리아에게 깊은 친밀감을 느꼈던 이유는 성모마리아가 '자신과 같은 이교도도 받아들여주기 때문'이라는 것이다. 그의 마음속 경건한 사원에서는 성모마리아가 비너스와 크리슈나와 나란히 서 있다고 고백한다. 테신의 축제일, 성모마리아상이 어두컴컴한 교회를 나와 수많은 사람들과 새들, 나무들, 나비들이 가득한 숲 속으로 나오는 순간, 헤세는 이 어지러운 세상에서 명성이 아닌 은둔을 택한 자신의 영혼을 따스하게 감싸는 영원한 아니마의 원형을 발견한다. 헤세는 성모마리아에게서 이 세상 모든 버려진 것들, 외로운 존재들, 슬픔에 빠진 이들을 감싸는 가없는 사랑을 보았다.

이 어스름의 시간에 색채의 오케스트라가
가장 순수하고 열광적인 분위기를 연출한다는 것,
이 조그마한 세상에서 색채의 놀이와 명암의 단계들,
그림자의 투쟁이 한시도 가만히 머물러 있지 않다는 것을,
아무도 눈치채지 못한다.

건물을 짓고 부수는 사람, 숲에 나무를 심고 베는 사람,
창문에 페인트를 칠하고 정원에 울타리를 치는 사람이
필요하듯이, 이 모든 것을 관찰하는 사람,
이 담장들과 지붕들, 이 색채들과 그림자들을
두 눈과 마음에 담는 사람,
그것들을 사랑하고 그림을 그리는 사람도 필요하다.

「그림을 그리다」

Hermann Hesse

사랑은 오직 자신을 완전히 줄 줄 아는
마음속에서만 산다. 그것은 모든 예술의 원천이다.

「호들러의 작품」

Hermann Hesse

    정열적인 춤을 추는 여인을 보면 『황야의 이리』의 헤르미네가 떠오른다. 헤르미네는 고뇌에 빠진 주인공 하리를 위로하기도 하고, 따끔하게 조언하기도 하며, 정열적인 춤을 추어 넋을 잃게 만들기도 하는 변화무쌍한 팜므 파탈이다. 마리아는 헤세와 이혼한 후에도 그의 작품을 꾸준히 읽으며 편지를 보냈는데, 『황야의 이리』를 읽고 루트와 이혼한 헤세가 괴로워하고 있음을 알게 된다. 마리아는 헤세가 한 여자에게 정착하지 못한다는 것을, 자신의 여인들 앞에서는 '보살핌이 필요한 어린아이'로 남고 싶어 한다는 것을 알았다. 헤르미네는 그런 헤세에게 필요한 연인의 상징처럼 보인다. 매일 함께하며 정열을 바치는 여인이 아니라 일정한 거리를 유지하는 여인, 평소에는 전혀 구속하지 않다가 남자가 필요할 때 적절한 조언을 해주는 연인, 그러면서도 '파티의 순간'에는 열정적인 춤을 추는 연인. 헤세는 여인들에게 너무 많은 것을 기대했고, 많은 여인들의 가슴을 아프게 했지만, 그 고뇌와 열정을 작품 속에 담아 '남성의 아니마'가 얼마나 다채로운지를 증언할 수 있었다.

사람들은 가장 가지기 힘든 것을 가장 좋아한다.

『게르트루트』

Hermann Hesse

　헨리 무어의 조각을 보면 '모든 것을 다 감싸주는 이상적인 아니마'의 형태는 바로 저런 이미지가 아닐까 하는 생각이 든다. 헤세에게 이런 여인은 첫 번째 부인 마리아였다. 헤세가 가장 깊이 상처를 준 여인이 바로 마리아였지만, 마리아는 평생 헤세를 잊지 못했다. 마리아는 헤세가 가장 힘겨운 시간을 보낼 때 헤세와 함께했으며, 헤세가 작가로서 명성을 얻기 전부터 헤세를 속속들이 잘 알고 있었다. 헤세의 문학은 물론 정원 가꾸기와 음악 감상, 스포츠를 향한 열정까지, 마리아는 모든 것을 깊이 이해하고 함께 향유하고자 했다. 마리아는 헤세를 자신의 곁에 묶어둘 수 없다는 것까지 알았다. 수많은 여인들과 팬들이 헤세에게 구애했고, 그에게는 『데미안』의 에바 부인과 『황야의 이리』의 헤르미네와 『싯다르타』의 카말라, 그 모두가 필요했다. 헤세 스스로도 '나는 여자를 행복하게 해줄 수 있는 남자가 아니다'라고 공언할 정도였지만, 니논의 말마따나 헤세는 '포획의 재능'이 있었다. "당신이 사로잡은 사람은 결코 당신 곁을 벗어날 수가 없으니까요."

헤르만 헤세로 가는 길은 칼 구스타프 융에게로 가는 길과 지긋이 포개진다. 융이 내면의 그림자를 이야기할 때, 꿈이 무의식의 메신저임을 이야기할 때, 나는 헤세의 주인공들이 지닌 수많은 고뇌와 꿈을 자연스럽게 떠올린다. 융이 프로이트의 영향을 벗어나 스스로의 길을 개척하기 시작했을 때, 심리학은 '질병'의 차원을 넘어 '인간 이해' 자체의 차원으로 스스로의 영역을 확장시킨 것이 아닐까. 나는 융을 통해 깨닫는다. 인간이 망각하거나 억압해온 욕망이나 감정을 다시 꺼내어 살펴보는 과정은 아무리 힘들지라도 그 자체로 소중한 일임을. 나 자신의 열등한 측면, 쓸모없어 보이는 측면까지도 나의 '그림자'이며 나의 어엿한 일부임. 그림자가 없는 사람이 건강한 것이 아니라, 그림자가 존재한다는 것을 인정하고 그것을 나의 일부로 받아들이는 것이 건강한 것이다.

이 그림을 보며 나는 '인간의 다중 인격'에 대해 곰곰이 생각해보았다. 한 인간의 모습 속에 저토록 다양한 천태만상이 숨어 있다니. 다중 인격은 꼭 질병만이 아니라 인간이 다양한 상황에서 스스로의 성격을 연기하는 마음의 가면이기도 하다. 융은 아픈 사람들의 무의식뿐만 아니라 건강한 사람들의 무의식을 연구할 필요성을 제기했다. 심리학이 '질병의 진단'으로서만 의미 있는 것이 아니라 한 인간의 개성과 인격이 발달하는 과정 전체를 조망하는 데 있어 필수적임을 이해한 것이다. 전기 작가 슈테판 츠바이크 (Stefan Zweig)는 성공 뒤에 가린 헤세의 기이한 내면의 꿈틀거림을 이해했다. 츠바이크는 마리아와 함께 살던 헤세의 집을 방문했다. 사람들은 한때 가난했던 서점 직원이 이제는 커다란 저택에서 사랑하는 부인과 아이들과 함께 산다는 것을 부러워했다. 아름다운 정원과 나룻배, 엄청난 책 판매 부수도 헤세의 일부였다. 헤세는 작가뿐만 아니라 시민으로서도 성공한 것처럼 보였다. 하지만 츠바이크는 헤세의 눈빛에 알 수 없는 분열의 그림자가 드리우고 있음을 알아보았다. 겉으로는 더할 나위 없이 평화롭고 행복해 보이지만, 여전히 방랑을 꿈꾸고 우울함을 느끼며 광기를 분출할 공간을 찾는 헤세의 내면을 알아보았던 것이다.

누구나 한 번은 아버지와 스승에게서
떨어져 나오는 한 걸음을 떼어야 한다.
『데미안』

Hermann Hesse

물은 깨달음의 장소이자 치유의 도구다. 『싯다르타』에서 주인공은 뱃
사공이 되어 늘 강을 건너지만 오랫동안 강물 소리에서 무언가를 발견하지
는 못했다. 그러나 아들에게 무참히 버림받은 후, 더 이상 구도와 수련을 계
속할 수 없다고, 생에서 어떤 의미도 찾을 수 없다고 생각하는 순간, 비로소
물소리가 들리기 시작한다. 물은 오랫동안 그의 마음을 비춰주는 거울이었
지만 그는 한 번도 물을, 즉 자신의 마음을 비춰보지 못했던 것이다. 물은
싯다르타에게 속삭인다. 너를 버렸다고 생각하는 아들의 모습은, 오래전 네
가 아버지를 매몰차게 저버리고 출가할 때의 네 모습이 아닌가. 아들을 잃
고 한없이 고통스러워하는 지금의 네 모습은, 그 옛날 너에게 버림받았던
네 아버지의 모습이 아닌가.

융 연구소를 방문한 때가 하필 일요일이라 멀리서 보니 대문이 닫혀 있
는 듯했다. 하지만 용기를 내어 문을 살짝 밀어보았다. 신기하게도 문이 열
렸다. 깜빡 잊고 나간 것인지, 아니면 원래 열어두는 건지 알 수 없었다. 그곳
에 오기까지 별별 고생을 다 해서 외부만 보고 떠나기에는 미련이 남았다. 또
한 번 용기를 내어 대문 안으로 성큼 들어갔다. 아무래도 정원은 개방되어 있
는 듯했다. 정원을 둘러보는 것만으로도 융의 눈길을 느낄 수 있을 것 같았
다. 헤세와 융은 정원에 대한 사랑으로도 서로 통하지 않았을까. 예술가나 철
학자가 그토록 정원에 매료된 이유는 무엇일까. 인공이자 자연이고, 공간의
외부이자 내부이기 때문은 아닐까. 현관문은 잠가놓더라도 정원은 개방해놓
은 것도 '정원이 단순한 사유지가 아니라 사람들이 함께 볼 수 있는 그 무엇'
이라 생각했기 때문은 아닐까. 풀 한 포기, 꽃 한 송이 보이지 않는 한겨울에
도 정원은 뭔가를 '보여주고' 있다. 우리가 가장 가까운 사람에게 텅 빈 마음
을 보여주듯이.

모든 것이 괴로움이고

모든 것이 고뇌이고 그림자일지라도,

그래도 이 따뜻한 햇살이 비치는 시간만은 안 된다.

「정원 일의 즐거움」

Hermann Hesse

최근 심리학이 각광받는 이유는 단지 사람들이 예전보다 힘들어졌기 때문만은 아니다. 심리학이 의학적 치료의 수단이었던 시절을 지나 심리학 자체가 일종의 자기 교육의 방식이 되고 있기 때문이다. 이것은 융의 예언과 정확히 맞아떨어진다. 융은 현대 심리학은 치료의 방편을 넘어 자기 교육의 수단으로서 더욱 각광받게 될 것임을 예언했다. 아프지 않은 사람들도 심리학을 필요로 한다. 아플까 봐 두려워서가 아니라 '내가 나아가야 할 길'이 어디인지를, 책을 통해 나 자신과 의논하기 위해서다. 나를 더 나은 방식으로 만들어가기 위해, 익숙한 자문자답의 형식으로는 잘 알 수 없는 '또 다른 나'를 찾기 위해 사람들은 책을 읽는다.

「저녁에」라는 시에서 헤세는 이렇게 고백한다. 이미 약간은 취기가 도는 듯한 목소리로. "난 이리저리 비틀거리며 마음속으로 춤을 춘다/그렇고 그런 유행가를 읊조리며 신과 나를 찬미한다/와인을 마시며 내가 터키의 고관대작이라는 환상에 빠진다/신장을 염려하면서도 슬며시 미소 지으며 계속 마신다." 이 시를 읽으며 나도 헤세와 함께 슬며시 웃음 지었다. 건강을 걱정하면서도, 간과 위장을 염려하면서도, 우리는 술을 마신다. 술을 마시는 동안 마음 한편에 억눌러놓았던 고통이 제멋대로 풀려나 차창 밖 가로등처럼 마구 지나갈 때, 누구의 입술에서든 한 편의 시가 나올 수 있다. 헤세는 때로 술을 마시며 과거의 고통을 꺼내 놀이하듯 시를 자아냈다.

오래 지속되는 행복은 없다.

『나르치스와 골드문트』

Herman Hesse

　　여행이 끝나갈 무렵에는 사람들의 몸짓 하나하나가 더욱 소중하게 다
가온다. 비 오는 날 사람들이 걸어가는 모습을 바라보면 '찰나의 소중함'이
더욱 절실하게 느껴진다. 한때는 진정한 여행을 위해 카메라를 아예 집에
두고 다녀야겠다는 생각도 해봤다. 소중한 장면을 자꾸 카메라에 담으려
하다 보니 소중한 순간 자체를 놓쳐버리는 것 같았다. 하지만 여행 사진을
정리하다 '찰나의 스케치'를 발견하면 '이제는 카메라가 제2의 눈, 제2의 마
음이 되어버렸구나' 하는 생각이 든다. 그 순간을 사진으로 남겨두지 않았
더라면 이 소중한 장면은 영원히 지워졌을 것이다. 헤세에게 글쓰기 또한
그런 것이 아니었을까. 힘들게 글을 써서 남겨두지 않으면 영원히 사라져
버릴 것 같은 물음을 종이 위에, 아니 사람들의 마음속에 새겨두는 것. 그것
이 문학 아닐까.

　헤세의 주인공들은 늘 여인과의 사랑과 대자연 속으로의 방랑을 통해 영감을 얻는다. 골드문트는 여인의 유혹과 출산과 질병을 통해 세상을 배우고, 오직 깨달음만 연구하던 싯다르타는 카말라를 통해 사랑과 욕망의 아름다움을 배우며, 하리 할러는 쾌락을 자유자재로 요리하는 능숙한 여인들과의 만남을 통해 우울과 절망에 빠진 자기 자신에게서 벗어날 출구를 찾는다. 자연은 여인들의 숨결이 사라진 곳에서도 커다란 안식을 준다. 싯다르타에게는 강물의 가르침이, 골드문트에게는 바람과 나무와 돌의 속삭임이, 한스 기벤라트에게는 낚시와 뱃놀이와 수영의 즐거움을 가르쳐준 강물이 세상의 독성을 이겨낼 힘을 안겨준다.

당신이 좋은 것은 아마 나와 비슷하기 때문일 겁니다.

그리고 다른 여자를 사랑하는 것은

나와 닮지 않았다고 생각하기 때문일 것입니다.

「클링조어의 마지막 여름」

Hermann Hesse

POSTA

    헤세와 가장 오랜 시간을 함께했던 니논이 혼자 여행을 떠날 때마다
헤세는 외로움과 섭섭함을 느꼈지만, 두 사람이 서로 떨어져 있을 때도 늘
두 사람을 이어주던 '편지'가 있었다. 헤세는 아들 마르틴에게 니논이 혼자
여행 다니는 것이 마음에 들지 않지만, 그래도 그녀가 하고 싶은 대로 내버
려두어야 한다고 썼다. 그리고 니논에게는 다음과 같은 편지를 보냈다. 당
신이 돌아오기만 한다면, 언제든 떠나도 좋다고. 정말 그렇지 않은가. 당신
이 돌아오기만 한다면, 아무리 멀리 떠나도 괜찮다. 언젠가, 당신이 돌아오
기만 한다면……

당신을 내 육체의 일부처럼 사랑하고,

밝아오는 하루의 여명처럼 사랑합니다.

마치 나 자신을 사랑하듯 당신을 사랑하며,

내가 지닌 광기나 나를 스쳐가는 예감처럼

당신을 사랑합니다.

그런데 당신은 날 어떻게 사랑하고 있는 걸까요?

「벙어리와의 대화」

Hermann Hesse

헤세를 펼쳐볼 때, 나는 항상 많이 지쳐 있었다. 헤세는 '열심히 살라' 고 응원하지는 않지만, '지금 네 상태가 결코 최악의 상황은 아니다'라고 일 깨워준다. 나는 때로는 아프고 때로는 괜찮아진다. 늘 아프지 않은 상태는 정상이 아니다. 때로는 아프다가도 때로는 괜찮아지는 것이 정상이다. 아 프지 않기 때문에 정상인 것이 아니라 아프면 아픈 대로, 슬프면 슬픈 대 로, 우울하면 우울한 대로, 그 감정의 결들을 고스란히 느낄 수 있는 것이 정상이다. 헤세는 내게 아픔을 느낄 수 있는 능력이 살아가는 데 소중한 원 동력이 됨을 일깨워주었다. 나는 아플 수 있다. 아픔을 피하려고만 하지 않 고 아픔에서 무언가를 배우려 하기 때문에 '나는 살아 있다'고 느낀다. 우리 가 헤세의 책장을 넘길 때마다, 그는 우리 곁에 있어줄 것이다. 우리가 고통 속에서도 외부를 탓하기보다 스스로의 내면을 들여다볼 때, 타인의 결점을 비난하기보다 자신의 그림자를 들여다볼 때, 그때마다 그가 우리 곁에 있 음을 보게 될 것이다.

창밖에는 별들이 바삐 움직이고
모든 것이 불빛을 뿜어대는데
이토록 깊은 절망에 빠진 나의 곁에
바로 네가 있어주다니.
이토록 복잡한 인생살이 속에서
너만은 하나의 중심을 알고 있으니
그리하여 너와 너의 사랑은
언제나 내 곁에서 고마운 수호신이 된다

「니논을 위하여」

Hermann Hesse

에필로그
헤세와의 또 다른 만남을 꿈꾸며

헤세는 평생 아버지와 불화했지만 그런 무서운 아버지와도 행복한 기억이 있었다. 바젤에 있을 때 아버지와 함께 오르간 연주를 들었던 일이 그런 따듯한 추억 중 하나다. 그때부터 헤세는 음악의 아름다움을, 언어가 아닌 또 다른 소리로 인간을 감동시키는 예술의 마법을 깨달았다. 헤세는 두 번이나 퇴학을 당한 후 할아버지의 서재에 있는 수많은 장서들을 독파하며 진정한 독학자로 거듭났다. 헤세는 인생에서 가장 중요한 것들을 모두 혼자 힘으로, 오직 책을 길잡이로 배웠다. 그런 그를 항상 수호천사처럼 지켜준 것은 라디오에서 흘러나오는 클래식 음악이었다.

그는 진정한 풍류를 아는 시인이었고, 대자연의 너른 품 안에서 제대로 놀 줄 아는 인간이었으며, '나의 역사는 무의식의 자기실현의 역사다'라는 심리학자 융의 명제를 문학작품 속에서 직접 실험한 작가였다. 거대한 파이프오르간의 연주자는 음악을 연주하는 동안 청중의 반응을 볼 수 없다. 악기는 그 순간 예술 아무도 신을 본 자는 없다.
하지만 우리가 서로 사랑한다면
신은 우리 안에 있느니라.
「요한의 첫째 편지」

가를 '눈 먼 호메로스'로 만든다. 눈 먼 노인이 재미있는 이야기를 구연한다고 하니 저잣거리에 구경났다며 우후죽순처럼 모여든 군중 앞에서 리라를 연주하며 『일리아드』를 들려주던 호메로스처럼, 오르간 연주자는, 그리고 작가는 청중이 졸든지 감동하든지 떠들든지 말든지 자기 안에 깊숙이 숨겨진 이야기의 멜로디를 연주해야 하지 않을까. 헤세는 나이 들수록 독자들의 반응에, 언론의 호들갑에 일희일비하지 않으며 더욱더 '자기 안의 목소리'에 귀 기울일 줄 아는 숲 속의 현자로 늙어갔다. 나는 헤세의 그런 무심함을 닮고 싶다. 바깥세상의 세찬 말발굽 소리가 아무리 귓전을 때려도, 내 안의 고요한 목소리에 귀 기울일 줄 아는 영혼의 보청기를 항상 잊지 말아야겠다.

헤르만 헤세에 대하여

세상을 떠난 지 50년이 지난 지금도 전 세계 독자들의 사랑을 받고 있는 헤르만 헤세는 1877년 7월 2일 독일 남부의 작은 도시 칼프에서 태어났다. 아버지와 어머니는 모두 선교사였다. 집안에 흐르던 경건한 기독교 가풍의 영향으로 헤세는 신학교에 입학한다. 하지만 천성적으로 자연을 사랑하고 자유를 갈망하던 소년은 신학교에 입학한 지 7개월 만에 학교에서 도망치고 만다. '시인 이외에는 아무것도 되지 않고자 했기 때문에.' 열네 살 때의 일이다. 자살까지 시도했던 소년은 결국 학교를 자퇴하고 시계 공장, 서점 등에서 일하며 시 창작에 몰두한다.

1898년, 헤르만 헤세는 릴케에게 인정받은 첫 번째 시집 『낭만적인 노래들(Romantische Lieder)』과 산문집 『자정 이후의 한 시간(Eine Stunde hinter Mitternacht)』을 출간하고 본격적인 작품 활동을 시작한다. 이후 헤세는 평생에 걸쳐 꾸준히 시를 썼고, 서른 살 때는 "여기 시인 헤세 잠들다."라는 자신의 묘비명을 미리 작성할 정도로 시인으로서의 정체성도 소중하게 여겼다고 한다.

초기에는 낭만주의적인 글을 썼던 헤세는 제1차 세계대전의 야만성과 불행했던 가정사, 동양 사상과 정신분석학자 융의 영향을 받아 '나'를 찾는 것을 삶의 목표로 내면의 길을 지향하며 현실과 대결하는 영혼의 모습을 그리는 작품을 발표하게 된다. 불혹에 접어들 무렵 시작한 그림은 세계와 자아를 섬세하고 풍부하게 성찰하는 데 도움을 주었으며 작가로서의 헤세를 한층 성숙시켰다. 그가 숨을 거두기까지 그린 3,000여 점의 수채화에서는 순수한 자아로 돌아가 꿈과 이상을 담으려 한 화가 헤세의 재능을 엿볼 수 있다. 가정불화, 요양 등의 이유로 헤세는 1919년 스위스의 작은 마을 몬타뇰라로 이주해 생을 마칠 때까지 그곳에 머물렀다. 아름다운 호수가 있는 몬타뇰라는 몸과 마음이 피폐해진 헤세에게 비인간적이고 폭력적인 세상을 벗어난 휴식처가 되어주었다. 헤세는 1962년 세상을 떠날 때까지 그곳에서 집필과 정원 가꾸기, 수채화 그리기에 몰두했다. 시인, 소설가, 평론가, 화가로 살며 『페터 카멘친트(Peter Camenzind)』, 『수레바퀴 아래서(Unterm Rad)』, 『크눌프(Knulp)』, 『데미안(Demian)』, 『나르치스와 골드문트(Narziß und Goldmund)』, 『유리알 유희(Glasperlenspiel)』 등 불멸의 작품들을 남긴 헤르만 헤세는 1946년 노벨문학상과 괴테상을 동시에 수상했다. 『데미안』은 60개가 넘는 언어로 전 세계에 번역되었으며 20세기에 가장 널리 읽힌 독일 문학으로 꼽힌다. 어떤 고난에도 굴하지 않고 아이처럼 순수한 마음으로 세상을 보고, 고통을 느끼며, 행복을 맛보았던 헤세는 자신의 경험을 수필, 동화, 시 등 다양한 장르의 글과 그림으로 옮겨두었으며 그의 작품들은 지금도 우리에게 큰 기쁨을 주고 있다.

함께 읽으면 좋은 헤세의 책들
『우리가 사랑한 헤세 헤세가 사랑한 책들』, 헤르만 헤세 지음, 안인희 옮김, 김영사, 2015.
『잠 못 이루는 밤』, 헤르만 헤세 지음, 홍성광 옮김, 현대문학, 2013.
『정원에서 보내는 시간』, 헤르만 헤세 지음, 두행숙 옮김, 웅진지식하우스, 2013.
『헤르만 헤세의 사랑』, 베르벨 레츠 지음, 김이섭 옮김, 자음과모음, 2014.
『헤세의 여행』, 헤르만 헤세 지음, 홍성광 옮김, 연암서가, 2014.

사진 및 그림 색인
. . . .

프롤로그의 사진

런던 대영박물관 입구, 거대한 책 모양의 의자 조형물   011

〈헤세가 태어난 곳, 칼프로〉의 사진들

칼프로 가는 문화기차   019

오거스터스 에그(Augustus Egg), 〈여행의 동반자〉, 1862.   020

문학의 도시 칼프 입구   022

칼프 입구에서 여행자를 반기는 헤세 동상   026

강물 위로 펼쳐진 칼프 전경   029

21세기에도 여전히 운행되고 있는 증기기관차   030

헤세가 사랑한 도시 아시시   035

아시시의 성 프란치스코 성당   036

베를린의 인도 식당   038

단테 가브리엘 로세티(Dante Gabriel Rossetti), 〈단테의 꿈〉, 1871.   042

헤르만 헤세 생가   045

헤르만 헤세 박물관 간판   046

『수레바퀴 아래서』   049

울창한 나무로 우거진 숲: 헤세의 마르지 않는 영감의 원천   050

헤세의 책들   053

성물을 전시한 아시시의 가게   054

헤세의 친필 편지   057

헤르만 헤세 박물관 응접실   058

헤세의 시계   061

헤르만 헤세 박물관 계단 062

헤세의 넥타이 065

헤세의 그림으로 만든 편지 066

헤세의 저작을 모은 주어캄프 출판사의 선집들 069

헤세의 타자기 070

헤세 컬렉션 073

헤세의 캐릭터, 크눌프 동상 074

불교 관련 조형물을 수집했던 헤세의 흔적들 077

헤세 두상 078

여행 마니아였던 헤세의 사진들 081

헤세의 책갈피 속 사진 082

박물관에 부조로 만든 헤세의 얼굴 085

헤세의 책상 086

프랑크푸르트 괴테 하우스에 보존된 괴테의 작업실 089

알프스를 걷는 사람들 090

『크눌프』 095

화가 헤세 096

신문을 찍는 도구들 099

작가의 방, 낙서조차 아름다운 순간 100

헤세가 사랑했던 카프카 103

헤세가 주목했던 프로이트 104

나무, 햇살, 한가로움: 헤세가 사랑한 일상의 풍경 106

칼프의 노천카페 110

헤세의 팔레트 113

헤세 생가 전경 114

헤세의 필기구 117

브레멘 기차역의 시계 118

'진심으로 환영합니다'라는 음식점 푯말 121

베를린의 홀로코스트 위령비 위에서 뛰노는 아이들 122

영국 리버풀 도서관 124

한겨울 런던의 추위를 녹여주던 책 읽는 사람들 128

〈헤세가 남긴 이야기 속으로〉의 헤세 그림들

책이 있는 실내(Interieur mit Büchern, 1921) 136

카슬라노의 가을날(Herbsttag bei Caslano, 1920) 143

카사 카무치 탑으로 올라가는 나선형 계단
(Wendeltreppe zum Türmchen der Casa Camuzzi, 1930)   148

픽토르의 변신(Piktors Verwandlungen, 1922)   164

알보가시오(Albogasio, 1925)   179

마을의 덩굴정원(Rebgarten im Dorf, 1922)   193

해바라기가 있는 화단(Beet mit Sonnenblumen, 1933)   206

목련꽃(Magnolienblüte, 1928)   215

해바라기가 있는 집들(Häuser mit Sonnenblumen, 1927)   220

브레간조나 전경(Blick auf Breganzona, 1922)   236

책과 의자(Stuhl mit Büchern, 1921)   247

포도밭길(Weg im Weinberg, 1922)   260

클링조어의 발코니(Klingsors Balkon, 1931)   274

호수계곡 전경(Blick ins Seetal, 1930)   283

〈헤세가 잠든 곳, 몬타뇰라로〉의 사진들

취리히 중앙역   290

취리히 호수   292

호반의 도시 루가노   295

루가노 호수   296

루가노에서 만난 카프카   299

루가노 거리   300

루가노 광장   302

루가노 호수   306

루가노 호수   308

몬타뇰라의 골목길   310

몬타뇰라   313

몬타뇰라에는 어디나 헤세의 산책길 이정표가 있다   314

헤세 박물관에 도착하다   317

헤르만 헤세의 사진   318

헤세의 집 카사 카무치로 들어가다   321

카사 카무치 내부   322

헤세가 여행한 피렌체 베키오 광장   327

헤세의 산책로를 걷는 여인   328

헤세의 산책로 이정표   331

나치의 탄압을 받은 예술가들   332

헤세가 사랑한 정원 가꾸기 335

헤세가 사랑한 구름, 영원한 방랑의 상징 336

헤세의 묘지로 가는 길 339

헤세의 묘지 건너편 아본디오 교회 340

헤세의 묘지 344

헤세와 니논, 그리고 헤세의 전기를 쓴 휴고 발이 묻힌 공동묘지 348

헤세의 아내 니논, 헤세 곁에 묻히다 352

헤르만 헤세 박물관 옆 카페 354

헤세를 모티브로 한 소품들 357

헤세의 그림으로 만든 엽서들 358

헤세 박물관 옆 카페에서 신문을 읽는 노인 361

헤세가 직접 쓴 편지 364

헤세의 기념품들 367

헤세가 매일 산책하던 몬타뇰라의 언덕길 368

헤세가 사랑한 뱃놀이 372

헤세가 여행한 베네치아 376

런던의 밤거리에서 만난 책 읽는 남자 379

헤세가 동경한 영원한 여인상 성모마리아 380

존 레버리(John Lavery), 〈안나 파블로바〉, 1910. 383

헨리 무어(Hennry Moore)의 〈기대어 누운 여인〉, 1938. 384

취리히 근교 퀴스나흐트에 있는 융 연구소의 동상 387

티치아노(Tiziano), 〈신중함의 알레고리〉, 1565~1570. 388

물: 인간의 영혼을 비춰주는 거울 391

융 연구소 정원 392

버밍엄 도서관 395

헤세가 사랑한 또 하나의 도시 로마 396

루가노 거리를 걷는 여인 399

취리히 박물관에서 만난 모네의 수련 400

피렌체 골목길에서 만난 사랑스러운 편지함 402

리버풀 도서관에서 만난 헤세의 책들 404

에필로그의 사진

헤세가 사랑했던 오르간 408

KI신서 5987

헤세로 가는 길

1판 1쇄 인쇄 ··· 2015년 4월 30일
1판 8쇄 발행 ··· 2023년 1월   1일

지은이 ··· 정여울
사진 ··· 이승원

펴낸이 ··· 김영곤
펴낸곳 ··· 아르테

디자인 ··· 씨디자인
출판마케팅영업본부 본부장 ··· 민안기
출판영업팀 ··· 최명열 김다운
제작팀 ··· 이영민 권경민

출판등록 ··· 2000년 5월 6일 제10-1965호
주소 ··· (우 10881) 경기도 파주시 회동길 201(문발동)
대표전화 ··· 031-955-2100 팩스 ··· 031-955-2151

(주)북이십일 경계를 허무는 콘텐츠 리더

아르테 채널에서 도서 정보와 다양한 영상자료, 이벤트를 만나세요!

페이스북 facebook.com/21arte   인스타그램 instagram.com/21_arte
포스트 post.naver.com/staubin   홈페이지 arte.book21.com

아르테는 (주)북이십일의 문학브랜드입니다.

ISBN 978-89-509-5934-0 03810